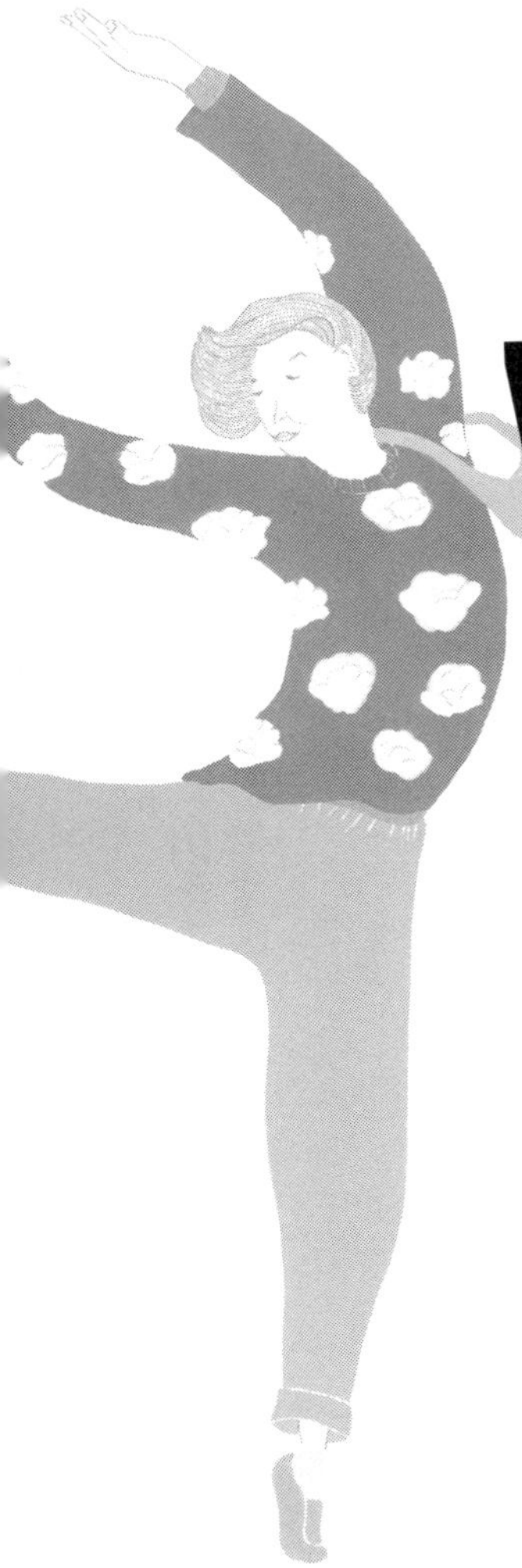

レッツゴー！ばーさん！

Asuko Taira

平 安寿子

筑摩書房

装幀　鈴木久美
装画　村田善子

目次

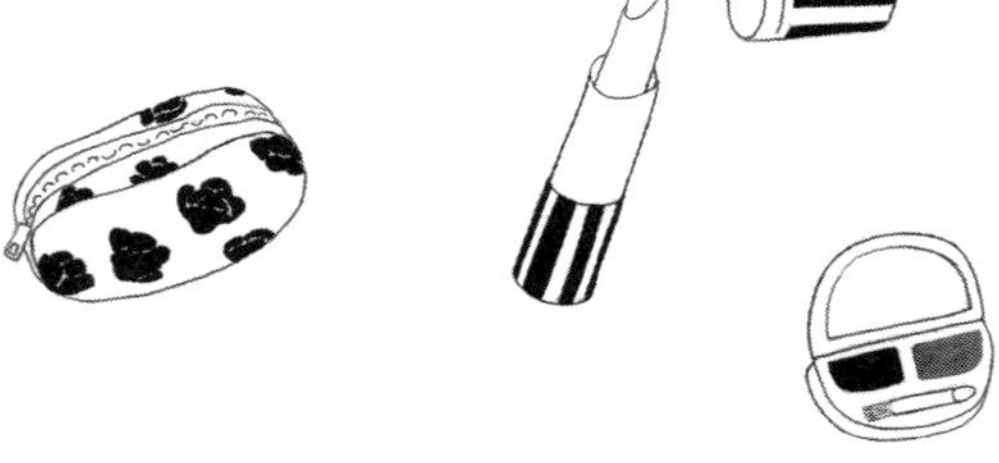

主な登場人物

東西文子　六十代デビューしたばかりのプレばーさん。落ち着いた素敵なばーさん目指して精進（!?）中。

西野聡美　文子の働くニシノベーカリーの仕事仲間。文子にこれからどんどん老化するよ！と脅かされ怖がる四十二歳。

東西加代子　文子の兄・一成の嫁。文子の還暦祝いに終活ノートを持ってやってきたりする用意周到な六十五歳。

麻利子
三奈江
いずみ
素子
夏美
　生き方も考え方もそれぞれの文子のプレばーさん仲間たち。

ばーさん・ビギニング

女は「ばーさん」になる。

なると言ったら、なる。だから、四十を越えた頃から、女は焦る。

ばーさんになりたくない！

でも、そうなるのは自然の摂理。ならば、なんとかして「その時」を先送りしたい。

しわ取りクリームで。アンチエイジング・エステで。エクササイズで。コラーゲンやヒアルロン酸たっぷりのサプリメントで。

しかしながら、鏡に映る我が身が「どう見ても実年齢より五歳は若い」と思えたなら、それは気のせい。友人知人が「あなた、若いわねえ」「そんなお年に見えませんよ」とほめちぎったとしたら、それは真っ赤なウソ。

そんなもん、真に受けた日にゃあ、恥ずかしーい若作りババアになって、陰で笑いものになるだけです。

老いを隠そうとするのは、そこまで生きてきた自分の人生をまるごと否定するのと同じじゃない？

そんなの、わたしはヤだね。

というのが、六十代デビューしたばかりの東西文子《とうざいあやこ》、目下のスタンスである。

というのも、つい最近、若作りババアに遭遇したからだ。

場所は電車内。シルバーシート近くのドアから乗り込んだ文子はざっと視線を巡らせた。残念なことに、シルバーシートも含めて空きスペースがない。小さく口をとがらせてため息を吹き出し、シルバーシートではない側にあるつり革を握った。

すると、シルバーシートにいた女がぴょこんと立ち上がり、「奥さん、ここ、どうぞ。わたしは大丈夫だから」と呼びかけた。

文子は躊躇した。というのも、金髪ソバージュにハイウエスト切り替えのチュニックに黒地のラメ入りスパッツにラインストーンがきらきら輝く真っ赤なミュールという、休日のホステスみたいな（まさにそうだったのかもしれないが）格好の彼女は、どう見ても七十そこそこ、つまりはババアだったからだ。

ババアにシルバーシートを（それも公衆の面前で）譲られた、妊婦ではなく、ましてやババアではない（はずの）女の心中、お察しください。

当然、文子は「いえいえ、お構いなく」と断ったが、金髪ババアは譲らない。「わたしはすぐ降りるんだから、どーぞ」と大声で主張し、きっぱりと空席を手で示した。

その顔には、「絶対にあとには引かないぞ」という満々たる闘志があった。文子が折れなければ、走る電車内で席を譲り合っての口論になりかねない。そんなのは、周囲に迷惑。なにより、注目を浴びるのが恥ずかしい。

瞬時にそこまで考えた文子は「すいません」と頭を下げて、ぐったり演技をして座った。疲れているので、ご好意をありがたくいただきます。そんな風に見せかけねば、立場がない。

本音では「なに言ってるんですか。わたしのほうが若いのは明白でしょう！」と言いたかったのだが、そんなことをしたら、彼女の顔をつぶすことになる。

彼女はなんとしても、若さをアピールしたいのだ。

文子は、その気合いを尊重し、あえて言う通りにしてやったのだ。そのぶん、腹が立った。そして、「あー、こういうババアになりたくない」と、心から嫌悪した。すぐ降りるはずの金髪ババアは、三駅分踏ん張って立っていた。小柄なのでつり革には手が届かない。そのため、シルバーシートの支柱を傍目にもわかるほど、きつく握りしめていた。

わたしがババアだなんて、絶対に認めないぞ。誰にも、そんなこと言わせないぞ。全身から、その気合いがほとばしっている。

なんて、そこまで深読みしたのは多分、文子だけだったろうが。

若い頃、町を歩いていて目につくのは、好みのタイプか、逆に大っ嫌いな(なぜか見ちゃうのよ!)男たちだった。ところが、還暦を迎えた今、文子のセンサーが優先的に捉えるのは、ばーさんたちなのだ。そして、普通の年寄りを「ばーさん」、ああはなりたくないタイプを「ババア」と選別してファイリングしている。

無意識のうちに、ばーさんになる準備を始めているのだ。

還暦とは、そういう節目なのだ。

日本人女性の平均寿命が八十歳越えの現代においても、「還暦」という古い古い呼称が生きており、赤い装束で祝う習慣が残っている。

ただし、伝統装束のチャンチャンコと烏帽子は、日常使えるおしゃれ用品に様変わり。文子も四十年来の友人たちから、朱色のショールをもらった。

加えて、専門学校を卒業してから二つの会社で腰掛けＯＬ（意味わかるね）を通算十年やった文子は、わずかながら厚生年金の支給が始まる。

こうして公私ともに、あなたは六十歳に達し、めでたく「年寄り」カテゴリーに入りましたと、念を押されるのである。意識せざるを得ませんよ。

でもって、心ならずも六十歳の自分を確認した文子の感想は、「あら、こんなもん？」だった。

六十って、もっと年寄りっぽいと思ってたら、そうでもないじゃない。わたし、若いわよ。体調も気分も四十代くらいだし。ばーさん扱いされるなんて、お断り。

そう思った。そこ止まりだったら、若作りババアと同じ道を歩んだかもしれない。

だが、更年期とほぼ同時に母親を介護する生活に入り、二年前に看取った文子は、気持ちだけではどうにもならない老化の現実を無視してはいけないと思うようになった。

なので、「六十歳って、こんなもん？」と感じた次の瞬間に、記憶の番人から「待った」がかかった。

三十になったときも、四十になったときも、五十になったときも、最初のうちは「まだ若い」と自己評価して大威張りだったよ、あんた。

そして「おばさん」呼ばわりされることに四十前半までは抵抗していた。だが、四十五を過ぎたあたりから、日々、もう若くはないと認めざるを得なくなり、「おばさん、上等」と開き直った。そして更年期に入ったら、「おばさん」の座に心地良ささえ感じるようになった。でしょ？

そうでした。

おばさんでいるのは、なってみればわかるが、お嬢さんでいるより百倍楽しい。老眼が来てるとか、白髪が増えたとか、顔とお尻の輪郭がたるみで丸から四角くなったとか、疲れがとれないとか、食べ物の好みがあっさり系に変わったとか、おばさん化をすべて笑い事にできて、肩の荷が下りた感じ。

なにより、「おばさん」は「ばーさん」ではない。これは、大きい。

その昔、「小森のオバちゃま」を自称する女性映画評論家がいた。彼女はどう見たって大ババアになってからも、「オバちゃま」を通した。それが通称になっていたからである。作戦勝ちだ。

ことほどさように、「おばさん」は女の自意識を守る最後の砦なのだった。

しかし、それでいいのか⁉

還暦を迎えた文子はあえて、世間に一石を投じたい。

大体、「若く見られたい」と思った時点で、負けてるでしょうが。なんで、若くないといけないのさ。どうせ年取るんだから、若い連中から「いいなあ、年寄りって。楽しそうだし、カッコいいし、あー、早く年寄りになりたーい」と思わせたいじゃないか。

ええ、ええ。これも俗な欲ですよ。でも、「こう見られたい」欲こそが、人生を引っ張るエネルギーなのだ。

金髪ババアの「わたしは若い！」と見せつけたい欲を、だから、文子は尊重する。そのうえで、「ああはなりたくない」欲を発動させたのだ。

女業界において、「ばーさん」を「そう呼ばれたくない」位置に貶めたままでいいのか⁉

いーや、よくない！

わたしは堂々、「わたしは、ばーさん」と胸を張りたい！
そうでもしないと、現実と折り合いがつかないのだよ。

文子は独身である。亡くなった両親から相続した土地付き一軒家を改築して、一階を事務所貸ししている。その家賃十万円と、近所の小さなパン屋でのパート報酬八万円が毎月の収入。今年から、それに年金が加わった。

とはいえ、文子が厚生年金を支払った、つまり会社員生活をしたのは、専門学校を卒業して二十歳で就職し、仕事に飽きて辞めるまでの二年間と、その後アルバイトで始めたところ、機嫌良く働くところを買われて正社員として雇用されたスーパーマーケットでの八年間の通算十年のみ。時代と若さと職種の影響で給料も安かったから、もらえるのは年額十万円のみである。トホホ。

だけどね。言わせてもらえば、文子が二十代娘だったのはバリバリ昭和で、女は結婚適齢期である二十三から二十五歳までに、永久就職であるところの結婚をして、専業主婦になるのがスタンダードだったのだよ。無職の実家暮らしでも、「家事手伝い」なるジャンルがあって、それは「花嫁修業中」の意であるから、堂々としていられたのだよ。

文子が仕事に飽きた程度のアホな理由で会社を辞めても、その後、ちゃんと就職せずバイトでお茶を濁しても、それは結婚して家庭に入るための準備期間だからオーケーだったのだ。

結局、結婚せずに三十代に突入したら、年齢と何の技術もない無能と女であることのスリーストライクで、正社員の道は閉ざされた。

いや、探せばあったに違いないが、スーパーの仕事は好きなのに正社員を辞した理由が、異動など不本意な処遇を避けられないのはイヤという、まことにわがまま勝手な性格では、選択の余地がなくなるのも自己責任である。と、反省している文子である。

だから、年金額が少ないのは仕方ないと達観しておりますですよ。

それでも、独身で自宅住まいで大家でもあるのだから、恵まれているほうだ。不動産を残してくれた親に感謝しなければならない。

しかしながら、プラスがあればマイナスがあるのが、宇宙の真理。

子供のいない文子は、老化が進んで一人暮らしが困難になったとき、頼るものが自分自身と自前の金しかない。ことに、しっかりしていてほしいのは、自立して暮らせるだけの機能を維持した身体である。

おばさん時代は、「そうは言っても、まだまだ若い」と内心、思っていた。

更年期が来るまで、つまり女性ホルモンが生産されている間は、実際、ごまかしがきいたからだ。

老化の第一ステップが老眼であることも、「わたしは若い」誤解を助長した。老眼で見えなくなるのは小さい字だけと思い込み、鏡に映る我が姿の細部がぼやけているのを見逃した。

しわもしみも、たいしたことない。白髪もあるけど、市販の白髪染めで月に一回ちょちょいとやっつければ、オッケー。

着るものだって、ジーンズにTシャツにスニーカーという三十代からの持ち越しテイストでオッケー。

ダイエットは明日から、なんて言って、話題のレストランやカフェでぱくぱく食べても……大丈夫なわけはなく、しっかり太ったが、放置した。

そりゃ、定期検診するたびに中性脂肪とコレステロール値が高めだから、食事制限と運動をしなさいと、毎度言われましたよ。でも、「高め」だから「注意するように」程度なら、たいしたことない。いいでしょう。別に体調悪くないから。

これで、すんでいた。

だが、更年期で閉経したら、てきめんに来ましたねえ。

コレステロール、血圧、ともに高い。もう、基準値超えて、高い。よって、厚生労働省の指導に従って、投薬開始。

世間には、「コレステロールや血圧は少々高くても大丈夫。むやみに服薬するほうが怖い」とする意見もある。

だが、文子は現代医学を否定しきれない。

文子の母親は医者嫌いで、機能回復が無理な段階まで放置したあげく、慢性心不全と腎不全を併発して寝たきりになった。在宅介護ではちょっとしたことですぐに具合が悪くなり、入院して治療を受けると回復した。その有様に振り回された文子は、「もっと早く、内臓の負担を軽くする処方を受け入れていれば、こうはならなかった」と思っている。

更年期前のやりたい放題食生活で、体脂肪ため込んで、血液もどろどろさせてきた自覚もあるしねえ。

若さはバカさの同義語だ。

若いと内臓も若いから、無理ができる。だが、それはキャッシングと同じ。借りるなら、返済に無理のない範囲で。それが原則と言われていたけど、聞いちゃいなかった。そして、ツケが回ってきて、「えー、いつのまに、こんなに！　ウソー‼」と驚くのだ。

体内に溜めたツケは、老化を促進するんだよ。それがわかるのが、年を取ってからだというのが、きついですねぇ。

更年期を過ぎると、老化は坂を転がるより速い。

老眼は度数が進んで、百円ショップで売っている老眼鏡では間に合わなくなる。

お肌のシミは、いくら高価な美白化粧品を使っても、消えやしない。顔の肉が下がってきて、顎の後ろあたりに垂れ落ちているのを隠しようがない。うぬぼれ鏡で見えなくても、写真を撮ったら一発だ。

歯もねえ。虫歯はケアできても、歯茎下がりや歯の隙間が広がるとかで、歯茎も肌と一緒で弾力がなくなっちゃうのだと思い知らされる。詰め物や差し歯がしょっちゅうダメになるしね。歯医者がヤブなだけじゃないらしいよ。欠損部分の代替部品を保持する力がなくなってるのだ。

白髪は生え際だけとたかをくくっていたのに、今や、七割は確実に真っ白だ。量も減ってるし、コシも艶もない。ヘニャヘニャのボサボサ。

風邪を引くと、治るのに時間がかかる。

寝付きは悪いし、眠りも浅いし、熟睡した感、全然なし。そのせいか、日中ずっと、ぼーっとしている。これって、慢性疲労症候群？

なんて、病院に行ってもダメですよ。だって、それ、老化現象なんだから。

考えてもごらん。築六十年の、ろくにメンテナンスしてない建物に住んでいるようなものなんだよ。そりゃあ、ボロボロでしょう。

文子は近頃、身体の声が聞こえるようになった。

あー、消化するの、きっついわー、と胃がうめく。

そっちはまだいいほうよ。と、腸が愚痴る。栄養を吸収、廃棄物を処理って、大仕事なのよ。腸壁の弾力だって落ちてるんだからね。

肝臓も、堪忍袋の緒を切った。今まで黙って耐えてやっていたのをいいことに、アルコールだの食品添加物だの、解毒キャパ考えずに取り込みやがって。排泄しきれないゴミがたまり、脂肪もべっとりついて、重くてしょうがないんだよ。

こっちだってヘロヘロよと、心臓も怒り心頭。いつまでも規則正しく拍動してると思ったら、大間違いよ。血液どろどろにしまくっといて、あとはよろしく、なんて、そんな態度でいいと思ってたら、バチが当たるからね！

このように、内臓は総じて、とっても怒っている。

大体、あんたは脳、脳、脳って、脳のことばっかり気にして、おエライさん扱いして、脳の老化を防げば老け込まないと思ってるんでしょうけど、違うからね！

脳なんか、後回しでいいのよ。血液と内臓よ、あんたらを生かしてやってるのは。その証拠に、脳が半分しか働いてない大バカ者でも、内臓が丈夫なら元気に生きてるでしょうが。

わたしらは、脳の部下じゃないんだよ。内臓こそが、脳を動かす原動力なんだからね！

このような内臓の怒りの声が聞こえるようになるのも、老化現象。でも、これは老化のいい点だと、文子は考えている。

まだ若いのに生体機能に不具合が生じたら、それは病気。

だが、更年期前後からの「あそこが痛い」「ここが痛い」「動きにくい」「やりにくい」の原因は、老化現象。薬を飲んでも、治るわけではない。せいぜい、劣化を遅らせるだけ。こういうことがまさに腑に落ちるのも、老いてからだ。内臓はギリギリまで、頑張ってくれる。せめて、手遅れにならないうちに改心しよう。

身体の老化に合わせて無理をさせず、壊れないように大事に使って、機能を限界まで生き延びさせたい。そのためなら、若く見えなくなってもいい。

しかし、できることなら、形よく老けて「まあ、ばーさんって、よさげ」と、世間をうならせたい。

いや、まあ、世間一般をうならせるのは無理っぽいから、ごく限られた「通」をうならせたいわねえ……。

などと、小理屈こねるのも、文子が今流行りの「バアバ」になれない身の上だからだ。同い年の友人はたいがい、孫がいる。そして「バアバ」と呼ばれて、得意そうだ。

「バアバ」は「ババア」ではない。「ばーさん」でさえも、ない。

「バアバ」は、幸福な家庭を運営してきたご褒美として、可愛い可愛い孫に恵まれた人生の成功例。愛し、愛される存在の別名。それが「バアバ」及び「ジイジ」。

還暦を機に高校の同期会が行われ、出席してみたら、さっくり数えて七割五分の同世代プレばーさんに孫がいた。

「孫は可愛いよ」と目を細める。それだけなら、シングルばーさんの文子は「ふん、これで一気にババア加速だね」と憎まれ口を呟いて、憂さ晴らしできる。だが、「見てて面白い」というのは聞き捨てならない。

旧友が言うには、「自分の子育てのときはとにかく必死で、面白がるどころではなかった」そうだ。

三時間ごとの授乳。ひっきりなしのおむつ換え。夜泣き。眠れなくて、イライラする。うっかり子供を殺した若い母親のニュースを見ると、自分もそうなっていたかもと思い出して、いまだにゾッとするそうだ。

「這えば立て、立てば歩けの親心っていうけど、もう、喜ぶどころじゃないのよ。赤ん坊のくせにすごいスピードで、追っかけてつかまえるのに一苦労。でも、どんなに注意してても、子供って絶対、目を離した隙に何かやらかして、ケガするのよね」

はいはい。それ、わかります。文子は額に、幼い頃階段から転げ落ちて作った傷跡がある。その種の、いわば赤ん坊活動期の名誉の負傷跡は、誰にでもある。母親業をしてない文子が知らなかったのは、母親が抱く「ケガをさせてしまった」罪悪感だ。

「それに、言葉が遅いとか、発育が悪いとか、他の子と比べて過剰に気にして、もう大変よ。子を持って知る親の恩っていうけど、ほんとにこんな思いして育ててくれたんだって、お母さんに電話かけてワアワア泣いたわよ。もう、理性なんか、なくなるね、育児中は。育児に追われるって言うでしょ。ほんとにそうよ。追われるのよ。それに比べれば、孫はね、泣こうがわめこうが、うんうん、泣きたいんだね、好きなだけ泣きなさいなんて、笑って見てられる」のだそうだ。

そうすると、一日ごとの成長の早さに気付いて「人間って、すごいなあ」と感動までしてしまう。

「何も教えないのに、ある日突然、寝返り打って、はいはいして、立って、歩き出すのよ。それから、全速力で走って転ぶまで、三日もかからない感じよ。このすごさを実感できるのは、なんていうか、ご褒美って感じねえ」

なるほどねえ。同世代の主婦が育児で髪を振り乱していたとき、文子は好き勝手に過ごしていた。子供にかかる費用も一切なしで、自分のためにだけ、お金も時間も体力も使ってきた。だから、孫がもたらす実感のすべてを知ることが永遠にできない。

正直言って、文子は孫自慢をする旧友が羨ましくてならない。でも、それは彼女が文子がしなかった苦労を引き受けた結果のご褒美なのだから、素直に羨ましがるしかない。人生は公平なのだ。

それでも、今のバアバたちは、昔のお祖母ちゃんたちのように「孫が生き甲斐」「孫だけが慰め」みたいな成分百パーセントの祖母になるつもりはないみたいだ。旧友も「孫は可愛いが、しょっちゅう預けられるのは迷惑」と、はっきりしている。バアバとは、彼女たちの人生の一部分。

孫に癒されるバアバも、癒しの源を何か別のところに求めなければならないシングルばーさんも、我が身の老いとどう付き合うかの課題は同じなのだよ。この点でも、人生って公平だよね。


バアバになれない文子は、一般名詞の「ばーさん」にしかなれない。

だからこそ、そこを否定したくないんだよ。古い世代のフェミニストは「ばーさん」呼ばわりを避けるため、「わたしには名前があるのよ。ちゃんと名前で呼んでちょうだい」

と、個を主張したものだが、ポスト・フェミニズム世代、というか、まあ、そのあたりの文子は、そういうのもダサいよねと思うのだ。

わたしは主張するなら、もっと先を行きたいね。一般名詞の「ばーさん」を、「そう呼ばれたくないもの」の座から格上げさせたい。かつ、翁媼《おうおう》の呪縛も解きたい。


おとぎ話の翁媼（平たく言えば山に柴刈りに行くおじいさんと川で洗濯をするおばあさん）は、子供を優しく教え諭す知恵者だったり、若い親が捨てた子供を拾って育てる無償の愛の塊だったりする。

でもって、いまだに世間は、現実のジジババに「知恵袋」「無償の愛」の提供者であれと要求する。そこにしか、ジジババの役割はないと言わんばかり。

だけどさあ、まもなく三人に一人が六十以上になる二十一世紀初頭の日本で、大昔と同じキャラを押しつけられるのって、どうよ。

考えてもみてよ。早晩、そこらじゅうジジババだらけの世の中になるんだよ。

ファミレスやコンビニのバイト店員も年寄りばっかり。乗り物の優先席は奪い合いにならないよう、自力歩行できる高齢者は「ご遠慮願います」なる条例ができる。高齢者福祉なんて、お題目だけになるよ。「何かしてもらいたいなら、お金払ってね」ってことになるんだから。

そんなご時世を、これからのジジババは生き抜いていかねばならないのだ。

ジジババ扱いされたくない、なんぞと見栄張ってる場合じゃないぞ。

こちとら、年取ってるんでぃ。ちったあ、気を遣わんかい——と権利を主張したいじゃないか。そのためには、まず自分から老いを認めなきゃ。


というわけで、文子は六十歳を「おばさん時代終了。そして、ばーさんビギニングの節目」と決めた。

いつまでも若々しくありたい、などとは意地でも願わない。

しわだらけで、白髪の薄毛で、背中が丸くなって、ゆっくりしか動けない。そんな状態でも、「けっこういい感じ」になり、もって若作りババアに対抗したい。

だけど、それって具体的には、どんなばーさんなのか？

考えることが一杯あるなあ。てか、考えるまもなく対処しなければならないことが、次から次へと起こるはず。

だって、ビギニングの次はすぐに、ばーさん進行形。刻一刻と老いが進むのよ。
進むってことは、前向きだ。もう、元には戻れない。行くしか、ないよ。レッツゴー！

記憶力減退、上等だい

最近、物忘れがすごくてね。いやあ、年を感じるわ。
なんてことを、四十二歳の女が言った。それを聞いた六十女、文子の心境は一言。
ちゃんちゃら、おかしい。

物忘れを訴える四十女とは、文子がパートで働いているニシノベーカリーの仕事仲間、西野聡美である。姓が示すとおり、店長の実の妹だが、西野に戻ったのは去年のこと。つまりは出戻り。
オッホッホ。最近の若いもんは知らない言葉だろう。使えない言語を死語という。しかしながら、六十女にとって「出戻り」は生きている。従って、古語だ。このような古語の知識が標準装備されているうえ、「d·isる」だの「www」だのの幼稚なネット言語だって、タブレット・ユーザーのシニアは知ってるんだ。ざまあみろ。

と、ちょいと年寄り自慢をしておいて、さて、かの出戻りに話を戻そう。

二十八歳で結婚して、ずっと専業主婦。子供ができず、夫婦二人の暮らしで悩ましき女の四十代に突入したとき、なんともいえない焦燥感にとらわれた。それが亭主への不満に変換し、口を開けば大喧嘩の日々。

あるとき、「あなたには、もう我慢できない！」とわめいた勢いで、実家に戻った。子供がいないと、こういうとき歯止めがきかない。周囲は説得を試みるも、肝心の亭主から放置され、勝気な聡美は「怒りのほどを思い知れ！」と離婚届を書き送った。すると、なんと亭主もあっさり署名して、その足で役所に提出。

聡美は内心かなりあわてたらしいが、謝ってくると踏んでいた亭主の意外な抵抗にヘソを曲げ、あっという間に公式出戻りと相成った。

単なる意地の張り合いで離婚したバカップル、ここにあり。結婚に慎重であり過ぎた挙げ句、婚かず後家（これも古語）になり果てた文子からすれば、「ウッソー、信じらんなーい」の一言である。

一人で生きるタイプではない聡美は、それでなくても簡単ではない四十過ぎでの職探しに熱が入らず、実家の手伝いでお茶を濁している。本人も親も、元亭主が迎えに来るのを待っているのだ。そのくせ、こちらからは何のアプローチもしようとしない。なんで、そこまで自信があるのか、不思議でしょうがない。そこそこ美人だが、わがままな性格を補ってあまりあるほどの容姿じゃないのにさ。

そんな不本意な現状をごまかすためか、人前にいるときの聡美はやたらに明るく、よくしゃべる。物忘れ話も、「もう、笑っちゃったわよ」なる前振り付きだった。

「お母さんや文子姉ちゃんが昔、タレントの名前を思い出せなくて、それだけのためにわたしに電話かけて訊いたこと、あったじゃない。あのとき、わたし、二人とも年取ったねえなんて、言っちゃったよね。あれ、反省するわ。四十過ぎたくらいで、来るのねえ」

ご近所さんで、彼女を子供の頃から知っている文子を、聡美は「姉ちゃん」呼ばわりするうえにタメ口をきく。

詳細は、こうだ。

大学時代の友達四人と女子会ランチをしたとき、とあるお笑いコンビの話題になり、名前を思い出そうとしたら全員がいっせいにわからなくなった。

二十年前は冠番組を複数持っていた人気者で、友達みんなでライブに出かけたり、CDを出すと買いに走ったりした。ファンだったのだ。それなのに、思い出せない。

顔は思い出せる。でも、コンビ名が。二人のフルネームも。思い出そうと躍起になればなるほど脳がフリーズして、どうにも動かない。そのうち、一人がスマホで検索し、わかった途端に「それ、それ」と、みんなで笑い転げた。

けれど、思い出そうとしたのにまったく出てこなかった、あの感覚にはゾッとした。

「年取ると、あの感じがもっと広がるわけよね。怖いなあ」

言いつつ、聡美は冗談めかすべく笑っている。

「そりゃね。もう、どんどん忘れるよ」

文子は冷たく突き放してやった。

「芸能人の名前とかその手の、消えても痛くもかゆくもない情報が消える。するとまもなく、消えたら困る物そのものが消えていく。たとえば、携帯。車の鍵に家の鍵。郵便物や書類。買物メモ」

「ああ、スマホどこに行ったかわからなくなること、あるわ。他の電話で呼び出して、着信音で見つけるのよね。でも、それは、うっかりミスの段階でしょう。若い子だって同じこと、よくやってるよ」

聡美は笑い話っぽくおどけた感じで言うが、内心は怖いのだ。わかります。自分がそうだったからね。

「ところが、そのうっかりミスが頻繁に起きるようになるのよ。忘れないように置き場所を決めておいても、なにげなく違うところに置いたが最後、行方不明。これを何度も繰り返すようになる。そうなったら、次の段階は目の前」

文子は恐怖映画のナレーション風に、声のトーンを落とした。

「二階の部屋に何かの用足しに行く。なのに、階段をのぼったところで、何をしに来たか、わからなくなる」

「うわ、なに、それ」

聡美は笑いながらも、気味悪そうに眉間にしわを寄せた。

「それだけじゃないよ」

文子はさらに、口調のホラー度をあげた。

「こうやって、人とおしゃべりしてるじゃない。で、何か言いたいことがあるから話し始める。でも、途中で何を言おうとしていたか、わからなくなる。物じゃなくて記憶そのものが、シュッと消える」

「文子姉ちゃん、それ、それ、自分のこと？」

聡美はついに作り笑いを消し、わずかに身を引いた。伝染病患者だと打ち明けられたみたいだ。

「そうよ」

文子は頷いた。

「それ、あの、病院で診てもらったほうがいいんじゃない？」

「ふっふっふ」

文子は不敵に笑ってやった。

「この程度でＣＴだのＭＲＩだの、高いお金出して診てもらうのは、無駄」

ウツ病による精神的混乱で一時、見当識《けんとうしき》を失った母親の脳検査に立ち会い、医師からレクチャーを受けた文子は知っているのだ。本当の認知症は、こんなものではない。

「家族を家族と認知できなくなる。自分の排泄物を見ても、それがなんなのか、どうすればいいのかがわからない。それが認知症。何をどこに置いたか思い出せないとか、何をしようとしていたか忘れるとかいうのは、普通の老化。みんな、そうなる」

「でも、年取ってもちゃんとしてる人はいるじゃない。個人差があるんでしょ。脳トレすれば、少しは」

「脳トレねえ。流行ったわねえ」

思わず、遠い目。ゲーム機で脳トレ、やりましたよ。でも、続かなかった。目が疲れるし、肩凝るし、なにより飽きた。あれは何年前のことだったかしら。忘れたわ。

「でも、あれって、効果が立証されてるわけじゃないしねえ。これぱっかりは、予防注射もないし。どうすりゃいいのかしらねえ」

文子はおおげさに、ため息をついてみせた。


有名人の名前を思い出そうとしたら、まったく出てこなくて、焦る。文子にその現象が出たのは、はて、四十代だったか。それも思い出せない。

ただ、ショックのほどは覚えている。

納得できない。ついこの間まで、思い出そうとして思い出せなかったことなんか、なかったのだ。

なんで⁉

無性に腹が立ち、記憶を取り戻そうとムキになる。そして、人に訊いたり調べたりして答えが出ると、便秘を解消したような生理的なスッキリ感を得て、ほっとする。

しかし、すぐに、記憶がおぼろになり始めたことへの恐怖感が湧き上がる。

あれは確かに、自分にもついに老いが来たことを実感する、最初の衝撃だ。

老眼も同じ頃に来るが、衝撃度がまるで違う。老眼は眼鏡で補える。だが、記憶力の衰退は……。

怖いよねえ。認知症を連想するからだろうか。


年を取ると、「あ、しまった」「なんだっけ」みたいなことは、もう、日常になる。

忘れる、思い出せないというより、記憶できなくなるのだ。記憶の黒板がいつのまにか水たまりみたいになって、書いたはしから消えてしまう。

携帯や家の鍵をしょっちゅう見失う。買物の予定を忘れる。忘れないようにメモしても、そのメモをどこにやったか忘れる。メモしたこと自体、忘れる。

それが、普通。年を取ったら、みんなそうなる。自分だけがダメになっていくのではない。

それがわかると、「ま、いいか」「仕方ない」になる。それどころか、開き直る。人の名前や買物メモなんか、忘れてもどうってことない。そんなどうでもいいことを、脳がもはや相手にしなくなったのだ。

記憶できないのが普通になった今、文子はそう考える。それもまた、脳の整理能力だ、なんてね。

たとえば、家族の誕生日は忘れても顔は忘れない。それで十分。生きていくのに不要なものは、もう、記憶しない。

情報収集機能をリストラして、必要最低限の部分に集中させる。そんなコストカットこそ、生き延びる道。そう思えば、いいんじゃない？

認知症患者は、認知できなくなった事実を認めないという。逆に言えば、「忘れた」「思い出せない」「記憶できない」と口に出して気を揉んだり、嘆いたりするのは、認知ができている証拠なのだ。

どうせ認めるなら、笑い話にしたほうがいい。だって、記憶力減退話は面白いもの。だが、生意気な出戻りには、このまま怖がらせておこう。

四十二歳なんて、若いもいいところだ。本人だって「亭主は絶対折れてくる、だって、わたしに惚れてるもん」と色気満々。まだまだ若い気でいるから余計にショックで、大騒ぎするのだ。

フン。怖がれ。怖がれ。老化を怖がるのが、若いってことなのさ。


思い出そうとしても、出てこない。こんなことが増える一方で、忘れたくても忘れられない記憶の多さに参ってしまう。

自分を守るために嘘をついたり、人を傷つけたこと。若気の至りが恥ずかしい自己主張。素直になれずに壊した人間関係。はては、小学五年生でやらかしたおねしょや、中学生のとき布団をかぶってこっそり読んだ週刊誌の官能小説でコーフンしたことが、つい昨日のように生々しく蘇る。

「私こと、思い起こせば恥ずかしきことの数々、後悔と反省の日々を過ごしております」と、フーテンの寅さんにあやかった年賀状を書かねばならない。

逆に、ほめられたことや嬉しかったことは出てこない。思い出そうとすれば出てくるが、それはちょうど色あせた写真を見るようなもの。感情は取り戻せない。アイドルのコンサートに行って、終わったあとは大泣きして、「この感動は一生忘れない！」と日記に書いたのに、「そんなこともあったわねえ」で終わりだ。

たとえば、文子中学生のみぎり、ビートルズの来日公演があった。テレビで放送されたが、なにしろ、一回こっきりの生中継。そのときは夕食もそこそこに、テレビの前にオープンリールのテープレコーダーを据え、テレビ音声のみが録音されるよう、家族全員が息をひそめた。

テレビがある居間（古語で言うなら茶の間）と、母が夕食の後片付けをしていた台所（キッチンなんてシャレたものではない）は障子一枚で隔てられていた。でも、あの夜、障子は開きっぱなしで、母は爪先立ちで居間と台所を往復した。

世紀の一瞬にまばたきするのも惜しく、テレビ画面に食いついていた文子は、忍び足でうろうろする母に「お母さん、動かないでよ」と文句を言いたいが言えなくて、イライラした。

今、思い返して懐かしく蘇るのはビートルズではなく、あの夜の母だ。

かねてから「あんなの、どこがいい」と悪口を言っていた母は、立場上、素知らぬ顔を装っていた。けれど、国を挙げての大騒ぎに抵抗しきれず、チラ見していたのだ。それどころか、失敗したら取り返しがつかない生録に居合わせる緊張と興奮を楽しんでいた。

あのときの母は、四十代前半。好奇心も負けん気もバリバリだ。若かった母の可愛らしさが、今ならわかる。

思い出が2Dから3Dにバージョンアップしたって感じかな。

この現象、四十代ではまだ無理だった。やはり、更年期あたり。自分の加齢を痛感するのと、親の老いを目の当たりにする時期が重なって、自然と過去を振り返る。すると、どんどん思い出せちゃうのだ。それも、特別なことが何もなかった日常茶飯事ほど、くっきりと。

家族で囲んだ夕ご飯。きょうだい喧嘩。同級生とお弁当を食べた学校の屋上。

いうなれば、脳内シアターでホームビデオを見ているのだよ。とくに、十代までの記憶がアカデミー賞並みの感動もの。

若い女時代の、当時は大変だった恋愛のあれこれも（あれとこれ、くらいしかないけど）、どうってことない。あの頃感じた「切なさ」なんて、笑っちゃうくらいだ。

子供の頃って、無意識のレベルで一日一日を記憶に刻んでいたのね。生きることを学ぶ時期だったってことかな。

ニシノベーカリーは、昔から同じ場所で営業している。

コンビニなんかなかった時代、文子は小学校から高校まで、帰り道にここで甘い菓子パンを買って、歩きながら食べたものだ。

ところが、フランスパンが現れて、すぐに日本人の食生活に浸透。パンといえば、クロワッサンだのバゲットだのを指すようになり、昔ながらのジャムパン、クリームパンなんかはすっかり、日陰者。

それでも、ニシノベーカリーが昔ながらの菓子パン、総菜パンの製造販売で生き長らえているのは、ひとえに自分の土地だからだ。

パンを焼くのは、御年五十六歳の二代目主人。具を作るのはその妻。二十五歳の息子が跡継ぎ修業。人件費は、十年来のパートである文子一人分だけ。原価の安いパン屋は、経費を最小限に抑えれば、やっていけるのだ。

売り子（スタッフと呼ばないで。子がつくのが嬉しいんだから）として、文子は頭にバンダナを巻き、赤いエプロンをつける。これらは私物だ。購入や洗濯にかかる費用は、請求しない。ご近所のよしみでパートに雇われたのだから、そこらはナアナア。文子にとって大事なのは、できるだけ長く働くことだ。

午前十時から午後七時まで開けている店の忙しい時間帯、つまり、十一時から三時まで、及び六時から閉店までの割引タイムの合計五時間が文子の就業時間。こんな半端な時間帯を引き受けられるのも、ご近所で通うのが楽、独身で時間を好きなように使える、かつ、行動範囲が狭くなって他にすること及び収入の手立てがないという、プレばーさんライフの事情ゆえである。いいんだか、悪いんだか。

かくて午後三時、エプロンとバンダナを取り、オフの姿となりながら、文子はすぐに帰らず、聡美と缶コーヒーを飲みつつ、おしゃべりをする。二代目の奥さんは、ただいま更年期真っ最中。聡美が出戻ってきたのをいいことに、接客はお任せで伏せっている。というわけで、女の娯楽ナンバーワンである井戸端会議（お、これも古語だ）は、聡美が相手だ。

で、記憶力話をしていたところに、オーガンジーだかジョーゼットだかのドレープたっぷり、ゆるふわブラウスにワイドパンツ、レンズがピンクグラデーションの老眼鏡、部分ウィッグを頭頂と前髪に盛ったライトブラウンのピカピカしたヘアスタイル、コットンパールのネックレス、紫のビーズ細工イヤリング等々を身にまとった派手なばーさんがひらひらとやってきた。

「回覧板でーす」

両手の指にそれぞれ二つずつ、オパールだかトパーズだかの大きな指輪をはめている。

「おやま、町内会婦人部の部長さん自らのお出ましだなんて、光栄ですわ」なる嫌みを内心で呟きつつ、文子の口は「ご苦労様です。いつもながら、きれいにしてらして」とおべんちゃらを言った。

これって、遠回しの皮肉なんだよ。でも、町内会婦人部部長澤野知寿子七十二歳、人呼んでマダム澤野はストレートに賛辞と受け取るのよね。

「いいえー、好きな服を着ているだけなのよ」

ぽっちゃりした手を振って、謙遜のポーズ。

「でも、この間、区が主催したコミュニティ・セミナーのレセプションで若い人たちに、上手に年を重ねる見本だって言われちゃったわ。明るい色はある程度、年を取ったほうが映えるもんなんですねえ、勉強になりましたって。そんなつもりはないから、かえって驚いちゃった」

オホホホホ。

文子は調子を合わせて、わざとらしい高笑いを響かせた。聡美はぽかんと口を開けている。人生経験が足りないと、この手の毒気にもろに当たって、思考停止してしまうのだ。

「秘訣を教えてください、なんて言われてねえ。そんなの、わからないわ。ただ、わたしは後ろを振り返るのは嫌い、昔話も嫌い、前だけ見ていたいって言ったの。そしたら、みんなが、そういうポジティブなところがいいんですねって。そうなのかしらねえ」

オホホホホ。


澤野家はもともとは自転車屋だったが、「近所の空き地は買っておけ」が家訓で今や、そこらじゅうにサワノの名がついたビルが散在する町内一の地主である。

マダム澤野は二十代の頃、自治体主催のミスコンで準ミスに輝いた美貌の持ち主だ。そこに惚れ込んだ澤野三代目に熱烈アプローチされ、結婚。

専業主婦となり、子供を三人産んだが、生来の出好きで人寄せがあると出かけていき、「人脈」なるものを構築して、町内会だけでなく地域コミュニティ全体に広がる組織の婦人会活動に従事。選挙などがあると、とくに忙しくなるセレブな人生を送っている。

口を開けば「わたしはね、こう思うのよ」「そこでわたし、こう言ったの」「この間、こんなことがあってね」と、どこまでも続くわたし話。文子はこの手の女が苦手、というより嫌いである。言うことがいちいち、かんに障る。

振り返るのが嫌いだなんて、いかにもポジティブだけど、七十二歳で前しか見ないなら、そこにあるのはエンドテープだけじゃない？

いえね。わかりますよ。アクティブでポジティブな人間は、自分がいつか死ぬなんて想像もしないのよね。

だけどさ。やたらとパワフルをアピールする人って、周囲を疲れさせない？

文子は、疲れる。かつ、この人はこんな自分に疲れないんだろうかと思う。だって、いつも話題の中心にいないと気がすまないんだよ。てことは、ちょっとでも中心からズレると、そりゃもう、ストレスでしょう？

まあ、単にマダム澤野が嫌いだから、悪口にもっともらしい理屈をつけてるだけなんだけどね。

だって、口惜しいから。

マダム澤野のあり方には、へそ曲がりの文子にも無視しきれない説得力があるのよね。

電車で文子に席を譲り、若さをむりむりアピールしていた金髪ババアがみっともなく思えたのは、ギャル向けショップで買ったとおぼしき安物を身につけていたからだ。

マダム澤野の華々しさに文子は辟易するが、金がかかっているのは如実にわかる。この世には、金持ちマダム向けの高級ブランドショップがある。そのデザインには、若い娘には着こなせない重量感がある。従って、文子が憎む「若作り」ではないのだ。文句のつけようがない。

おしゃれなばーさんでいるには、やっぱり、お金が要るのよねえ……なんて思うと、へこむのよ。

かくして、マダム澤野を見送った文子は内心、穏やかではない。平穏を取り戻すには、悪口大会で毒吐きをするのが一番。文子は「フン」と鼻を鳴らし、聡美に言った。

「あれが、上手に年を重ねる見本かしらねえ。どうよ、ああなりたい？」

若い女は、派手なババアを毛嫌いするものだ。聡美の「若さ」に、文子は期待した。それなのに、聡美は「うーん」と首をひねるのである。

「ちょっと前までのわたしなら、笑っちゃいますよ、だったけど、老化の始まりを感じる今はねえ……」

ため息をつく。片意地で離婚した勝気女が、すっかり弱腰だ。

「現役感バリバリで、頼もしい。七十過ぎても大丈夫だと思わせてくれるもの」

そう来るか。そうだろうなあ。

でもね。後ろを振り返らないのがいいことのような発想は、「違う」と大声で言いたい。記憶力減退はノープロブレム。わたしがわたしである証拠の記憶は減らないし、消えない。これ以上は、もう要らないよ。

そう思えるのは、過去を振り返ればこそだもの。

思い出リッチ。それが、ばーさんライフのプラスポイント。

でも、マダム澤野への敗北感は残るのよね。なんだろう。やっぱり、ゴージャスばーさんになれない自分が情けないのかなあ。やれやれ。

ケガなき余生の送り方

時代の趨勢にはあっさり飲み込まれる、アップデート機能付きプレばーさん東西文子。五年ほど前、デジタルテレビを購入したついでに、ＢＳ、ＣＳ込みで契約した。電器店のキャンペーンにつられて、あれよあれよという間に、そうなっちゃったのである。

少しばかり後悔したが、受信が始まると見たいコンテンツがいろいろあって、結果、地上波を見るのはニュースとスポーツ中継だけになった。

地上波でやるドラマが、見ちゃいられないからだ。

それというのも、出演者の区別がつかない。とくに、主役級をやる若い子たちが、みんな同じに見える。どれが主役か仇役かわからないんじゃ、面白くもなんともない。

まあ、これも老化現象なんでしょうな。

顔の認識力がおおまかになっている。外国人の目には、日本人あるいは東洋系がみんな同じ顔に見えるのと同じことが起きているのだ。六十代になると、三十五歳以下は異人種だ。

だが、そこらを歩いている若い連中がみんな同じに見えるのは、老化のせいだけではないぞ！

外見の取り繕いが、同じだからだ。流行に染まるからだ。

我が身を振り返れば、責められることではない。

文子もミニスカート、マキシ、ホットパンツ、パンタロン、そこから先は思い出せないくらい、流行という流行に追随しましたよ。

自分が今の十代なら、金髪に染め、ボリュームアップ・マスカラでまつげを五倍増しにし、ラメ入りのアイラインでたっぷり目を隈取り、ピンクのチークで異様に白い肌を強調する、お人形のようなメイクに身をやつしただろう。

似合っているかいないかの判別は、不可能だ。雑誌でもともと顔立ちの可愛いモデルがやっている化粧を真似れば、同じ顔になると錯覚した。

かくて、巷に流行メイクのお面をつけた同じ顔のお嬢さんが溢れかえる。

プレばーさんになってようやく、それでは生来の顔立ちが生かされず、個性が埋没するのがわかる。

思春期とは、個性を発揮するのが怖くてたまらない時期だったのね。自分を隠したかった。自信が全然ないから。

顔立ちに個性が反映されるようになるのは、四十過ぎてから。その頃になると、「自分らしさ」の表現欲に走りたくなるせいかな。

そして、年寄りになったとき、そこにあるのはまごうかたなき個性だ。年寄りには、流行のお面がないから。

で、文子は「自然で、かつ、いい感じ」の老け方を模索する一方で、マダム澤野のような気合いの入った白塗り、ウィッグ使いの「老け隠し」に反感を覚えていた。つい、この間まで。

ところが、六十歳の誕生日を一日一日過ぎるごとに、ああいった反感が持てたのは若かったからだとしみじみ反省し、うなだれております。

なぜかというに、毛の老化が著しいからだ。

ああ、髪の毛を思うさま、いじくり倒していた娘時代。

切って、そいで、パーマかけて、ブロウして、引っ張って、ねじって、結んで、留めて、ほどいて、強制的に立たせて寝かせて、虐待の限りを尽くした。

「虐待」なんぞという言葉が出てくるのは、カーリーヘアにしたときの痛い経験があるからだ。

カーリーヘア。若いみなさまはごぞんじないでしょうが、日本で最初にあれが流行ったのは、七〇年代ですよ。長い髪の根元から毛先までくまなく細かくクリクリさせたパーマヘア。日本人の髪質だと、大仏ヘアになっちゃうんだけどね。

でも、少女漫画にでてくる妖精のような、クリクリしてフワフワしたヘアスタイルに憧れたのです。でもって、美容院に行けばそうなるというので、行ったのだよ。直毛にあれを施すのがどれだけ大変か、夢にも思わずに。

悪夢だった。

小さいカーラーにちょっとずつ巻き取って、パーマ液つけて、ギュウギュウ巻く。痛いわ、カーラーの数があるから重いわ、何度も何度も引っ張られるから肩や首が凝るわの苦行の上に、長時間放置。

文子本人もぐったりしたが、髪のほうが死にかけた。

パーマ液の匂いがぷんぷんするが、形だけはそれなりにクリクリになり、喜んで帰宅して寝て起きた翌朝。ブラシではなく、手櫛で整えてと言われたとおり指ですいたら、ほとんどが途中で切れて『四谷怪談』のお岩さん状態。

文子、二十二歳。真っ青になった。

あわてて美容院に駆け込んで訴えたら、かの美容師は文子の頭を指で触り、「毛根が短いですね。こういう人は切れやすいです」と、ぬかしたのである！

無料でトリートメントを受けたが、文子に美容院不信を植え付けた罪は大きいぞ、あのときのネエちゃん美容師よ。

このままでは禿げになると泣いたが、そこは二十二歳。切れ毛だらけでも、毛根は丈夫。地肌が見える事態にはならなかった。

それ以来、パーマはかけずにカットだけにしていたが、これがまた頭痛の種だった。

美容師がやったようなスタイリングが、自分ではどうしてもできないのだ。デートその他のお出かけの際には、仕方なく美容院に駆け込むことになり、費用がかさむったらありゃしない。

これは、美容業界の陰謀だ！

根がケチんぼの文子はそう思い、三十半ばできっぱり、美容院に行くのをやめた。自宅で肩までのラインに切り、バレッタ留めやシニョンでごまかす。これで毎月約一万円を節約できるのに気をよくした。

ところが、四十代になると、白髪がちらちら出始めた。

しかし、白髪染めはねぇ。

母が使っていた白髪染めは、「手早く染まる」が謳い文句だった。だが刺激臭が強くて、目までぴりぴりする。これを使うのはイヤだなと、常々思っていた。

白髪染めは美容院に行くしかないのかなあ、と思い悩んでいたときに、知り合いが自然素材のヘナを個人輸入で販売する事業を始めたと知らせてきた。

まさに、渡りに船だった。

こうして、髪のスタイリングは全部自前。それでなんとか格好はついている。というのは、まあ、自己弁護でございます。

それはもう、ちゃんと美容院に行っている同世代のほうが断然、きれいだ。最近の美容院は、毛を傷めないパーマ液とか、地肌に優しいシャンプーとか、ヘナを使った白髪染めとかもやっておりますものね。

でも、わたしはこれでいいんです。

美容院の費用を節約できるほうが、「花より団子」性格のわたしには大事だからってことでオッケーなのが、年を取ったよさだ。

六十代ともなると、人前に出る機会がぐっと減る。出歩いたところで、人の目をまったく引かないから、世間体を気にする必要そのものがなくなる。

そりゃ、もう、楽です。人目を引きたい、注目されたいと焦るのが、若さのバカらしさ。そこからの解放は、大変、めでたい。

かくのごとく、注目されないのが心地いいのがプレばーさんの心境である。いくらでも、手抜きができる。

もっともこれには、身仕舞いに無頓着な、個性もへったくれもない、ゴミみたいな年寄りになり果てる危険性がついてくる。

それは、いかんでしょう。きれいでいたいと願う欲がなくなると、残るのは食欲だけになる。ほとんど、野生動物に近くなる。

心というものが機能している間は、そこそこ、きれいにしていたい。

そこそこ、きれい。

それはつまり、しわやシミをなかったことにする厚塗りと、白髪なんか一本もないと言わんばかりのつやつやウィッグでかさ上げしたヘアみたいな強引な若作りとは違うもの……。わたしはそこを目指したいと、日記に綴ったのは、つい、この間。

ところが、ところが。


髪を洗ったあと、排水口に残る抜け毛の多さにぞっとする、と四十女の聡美が言う。

それは老化現象ではないぞよ。新陳代謝のなせるわざだ。抜けても、生えてくる（ただし、四十代のうちならね）。

六十過ぎると排水口だけではなく、そこらじゅうに抜け毛が散らばる。

その一本一本がいかにも、「力尽きて枯れ落ちた」風に細く、色も薄く、はかなげなのである。

本体より先に、わたしたち、あの世に参ります。さようなら、お元気でね……。

髪の毛が、そう言ってるんですよ、奥さん。毛根もしぼんでます。毛穴は、ただの穴。再生はない。合掌。

落語家のまくらに、こんなのがある。

「若い頃は楽屋で、おまえ、酒と女とどっちとる、なんて、よく話してました。今はこうです。おまえ、毛と歯と、どっち欲しい？」

歯は、昔に比べるとデンタル・ケアの意識が高まったためか、なんとかなる。入れ歯差し歯になっても、技術が進んでいるから、見た目はいくらでも繕える。

でも、毛はねえ。一番目につくところだけに、苦労しますよ。

それは男だけの問題ではない。女の毛も、減るのです。髪の毛だけでなく、あっちこっちで。

たとえば、眉。


文子御用達のCSでは旧作ドラマが主要コンテンツになっており、最近多いのが八〇年代のトレンディ・ドラマ。

これに出てくるヒロインの眉が、太い！

八〇年代は、ジャケットの肩がアメフトユニフォーム並みに盛り上がっていたり、前髪がニワトリのとさかのごとく根元から立ち上がっていたり、何かと攻撃的だった。「たおやかな女らしさなんか、男の幻想だから捨てちまえ！」ってことだったのかね。

力入り過ぎで、今見ると、おかしい。ダサい。ことに太眉は、女優の美貌が台無しだ。なんて他人事のように語っているが、文子とて八〇年代は二十代後半から三十代、つまりは若い女時代の真っ最中だったから、当然、あの眉をやっていた。

もう、嬉々としてやっていた。

というのも、眉メイクのプレッシャーから解放されたからだ。

はさみで眉の形を整えて、ペンシルで左右同じカーブで描く。これが、苦手でねえ。

みなさん、そうでしょ。だから、現在では眉用のテンプレートというものを百円ショップで売っている。しかしながら、文子の若い時分は、そんなものはなかった。少なくとも、そこらで簡単に手に入るものではなかった。

練習して上達するしかない。しかし、眉メイクに完璧を期す根性が、文子にはなかった。

だから、八〇年代の太眉流行は嬉しかった。

あの頃は、眉毛カットをせずにすんだものなあ。

しかし、やはり、女の太眉は美しくない。再び、女たちは眉メイクに苦労するようになり、今に至る。

だが、眉にも老化は来る。まつげにも。どうなるかって、髪の毛と同じですわよ。薄く、細くなる。かつ、抜けやすい。抜けたら再生しない。よって、まばらになる。

眉はともかく、まばらなまつげは悲しいと思うでしょう？　お嬢さん。若い女にとって、アイメイクは生命。

顔の中で得点を稼ぐポイントだけに、アイシャドウとアイラインとマスカラによる目元のグレードアップは、テクニック、用具ともに発展の一途をたどっている。もちろん、流行もある。

文子も若い頃は、まつげメイクに苦心した。眉カットは悩ましいだけだったが、まつげのほうが「目がぱっちりして見える」効果がストレートで、やり甲斐があった。

短いまつげをコーティングで太くし、かつ、上乗せした繊維が先端を延長して、長いまつげの振りをする。さらに、ビューラーで持ち上げる。これで、目をぱっちりさせるクルリンまつげの出来上がり。

ところが、このクルリンの魔法がすぐ解けるから、ビューラーを持ち歩いてトイレの鏡の前でやり直ししたものだ。

トイレで女が見られたくないのは、便器に座っているところより、鏡の前で化粧直ししている舞台裏顔だと思うよ。すんごいもん。

このように、短いまつげはマスカラで五倍増しにできる。しかし、それも若ければこそ。まばらになった老けまつげに、ボリュームアップ・マスカラは命取り。リムーバーを使った時点で、髪同様毛根が弱ったまつげがマスカラともどもリムーブされて、はい、さようなら。まばらに拍車がかかるのだよ。

それなら、付けまつげにすれば？

お嬢さんは、そうおっしゃるでしょう。しかしね。普通のばーさんがそこまでするのは、いかがなものか。

ばーさんの目元は、しわとたるみの集合場所。アイライン、マスカラ、アイシャドウ、そのような目元強調物件は避けたほうが賢明なのじゃ。

ばーさんには眼鏡。これが一番、顔として落ち着く。

ＣＳ導入直後は、テレビショッピングの連続に閉口した。しかし、そのうち、楽しめるようになった。

ことに、アメリカ直輸入のものが笑える。

ドラマ仕立てで、急にデートすることになったブロンド巨乳美人が「むだ毛、剃ってない！」と焦ったりする。

こんなときには、あっという間にすべすべお肌にする、魔法の永久脱毛クリームをどうぞ。

脚のむだ毛だけではない。

ブロンド美人がスキャンティー（って、古語？）の境目あたりを指差して、「ほら、ビキニラインの処理が、これでバッチリ」と、女性用シェーバーのご紹介。

日本ではいまだに、脚のむだ毛やビキニラインからはみ出る毛の処理をおおっぴらに訴えるコマーシャルはない。体質の違いというより、気質の違いのせいでしょう。日本人だって、若い女が身につけるちっちゃいショーツ（でいいのよね）から、はみ出る毛はある。

でも、テレビコマーシャルのシェイバーといえば、脇の下。

日本の夏。ノースリーブを着る女性は、脇の下の毛穴ひとつにも気を遣う。

そうでした、そうでした。あれには神経、使ったよね。

パンツからはみ出る毛と違い、脇の下は満天下にさらされる。

脚のむだ毛やビキニラインからはみ出る毛の処理は、各自こっそり行うべし。それが日本女性の共通認識（と思う）。

脇の下は見せても逮捕されない一般領域だから、堂々と問題化する。

ということで、これから脇の下について大声で語る。

困るのは、剃っても剃ってもすぐに生えてくることだった。夏ともなると、ほんのちょっとでも気になるから、まめにシェイバーを使う。で、どうしても皮膚を傷つけることになり、汗がしみて痛い。

人体に毛が生えているのには、ちゃんとした理由がある。皮膚を守るとか、外敵察知センサーとか。

それを無視するわけだから、痛い思いをするのも当然の結果だったのよね（遠い目）。

でも、その苦労とも更年期を過ぎれば、おさらばよ。

脇の下の毛も、はかなくなる。うっすらと、そこにはある。だが、細く、まばらで色も薄いので、肌に溶け込んで目立たなくなるのだ。

ここからは小声だが、下の毛も同じだよ。

母を自宅介護していた頃、歩行困難なのでトイレに付き添った。リハビリパンツの脱ぎ履きは自分でできたが、見守ることになるから、そりゃ、見ますよ。下の毛は、ほとんどなかった。

年を取ったら、なくなるんだ。学習しました。だって、誰もそんなこと、教えてくれなかったからね。

だからといって、ショックはなかった。あそこの毛はなにしろ、世間的には猥褻物件だ。年寄りの身体には、下の毛はないほうが似合っている。これは神の意思だな。そこまで文子は考えたくらいだ。

サバイバルに必要な機能として毛を生やしていた人間の生命力が衰えると、毛は役目を終えて抜け落ちていく。これが自然の摂理なのだ——けど、幸か不幸か、現代の人類は初期DNAにプログラムされた時間より、長く生きている。よって、毛が落ちても、本体は虚栄心ともどもバリバリの現役だ。

だから、深い悩みが発生する。あきらめが、なかなかつかない。

眉やまつげのまばらは、メイクで隠せる。脇毛、むだ毛、下の毛の消失は、いっそありがたいくらいだ。

だが、髪はねえ。女の生命ですもの。

ウィッグは、いくら「自然に見える」と宣伝されても、艶やスタイルが人工的ですぐにそれとわかるのが、文子の美意識にそぐわない。

最近は、女性用の植毛もテレビで宣伝されるようになったが、文子は「あれはしたくないな。高いし」とか思っている。まだ、今は。

だが、毛はなくなりつつあるのだよ。

マダム澤野のようなウィッグ補強頭は美しくないと、まだ、そこにとどまっている文子だが、薄毛が進行したらウィッグ補強を考えるだろうな。

ヘアスタイルを気にしている間は、自分の生命力を信じられる。文子は、そう思っているからだ。

母親を介護している間、何度も通った病院や施設で見るばーさんたちはみんな、真っ白の頭をベリーショートに刈られていた。そのほうが手間がかからないからだ。

こう言うと冷たいようだが、それが身のためなのだ。シャンプー後の乾きが早いから、風邪をひかずにすむ。

だが、そんな中でも「きれいにしたい」欲が残っているばーさんは、おかっぱ頭にしたり、うしろでまとめたり、手をかけている。それができる気力と体力が残っているからだ。

悲しいことだが、人手を借りなければ化粧もできないほど衰弱すると、「きれいになりたい」欲も消えてなくなる。それが、死に近づくということだ。母親を介護して、文子はそんな感慨を持っている。

だから、ウィッグに厚化粧で「きれいにしたい」欲満々のマダム澤野を、冷ややかに見てはいけない。反省。

たった今、東西文子、考え方をスイッチしました。あれは、ありです。オッケーです。

総じて言うと、髪の毛であれ、顔であれ、見かけの老化はごまかしがきく。

だから、心配には及ばない。来るものは来よ、去るものは去れ。これでいいのだよ、奥さん方。

そうはいかないのが、身の振り方。

文子はシングルだから、心配事満載。

きょうもきょうとて、兄嫁の加代子が還暦祝いを持ってきたついでに、「この節目に考えておいたほうが」と、痛いところを突いてきた。

文子には、八歳上の兄がいる。二人きりの兄妹だ。とはいえ、仲がいいとは言えない。兄が知らん顔の文子の還暦を、兄嫁は祝う。そしてプレゼントされたのが、赤いスカーフと終活ノート。

「気を悪くしないでね。節目だから、今のうちから書いておけばと思うのよ。今後が大事だもの。毎年、書き直せばいいんだし」

正直、団塊世代女に終活ノートなんぞを渡されて、文子はムカついている。だが、正面切って怒れないのは、兄嫁だからだ。どこまでいっても、兄嫁は他人。本音は語れない。感情も表に出せない。こんなことを言われても。

「緊急連絡先なんかはうちにしてるけど、順番からするとわたしたちのほうが先に逝くんだから、何かあったときに頼るのは真奈美にしておけばと思ってね。この際、家族間できっちり、そう決めておくのがいいんじゃないかしら」

真奈美とは、兄夫婦の次女。つまり、文子の姪である。兄夫婦には一男二女がいる。

「良太でもいいけど、真奈美が一番、文子おばちゃんと仲がいいから」

それは相対的に見れば、そうだと言える程度の仲のよさなんだけどね。

文子が死んだら、不動産の相続人は真奈美にしてほしい下心が透けて見える。どちらにしろ、直系の血縁は兄夫婦の子供たちしかいないから、放っておいても三人が相続人に指定されるが、加代子としては骨肉の争いを避けたいのだろう。

「わたしも持っている」と言う終活ノートには、子供三人に何をどんな風に分配するかも書いてあるのだろう。六十五歳で血液型AB、天秤座の加代子は周到な女だ。おかげで兄は、ほとんどものを考えない「総領の甚六」のまま、生涯を終えそうである(総領の甚六などという死語中の死語がスラスラ出てくるのは、文子が落語マニアだからである)。

こういうとき、「結婚してたらなあ」と思う。「主人に聞いてみないと」「主人が、なんて言うか」「主人がうるさいから」等々、防御の盾に使える。

でも、シングルだとねえ。まさに、そこをストレートにつかれると、返す言葉が見つからないのよ。

「六十過ぎると、病気もするけど、ケガが怖いのよ。まだまだ若い気でいるでしょう。だから、足元が弱くなってるのに気がつかないのよ。わたしもほら、二年前に横断歩道を走って渡ろうとして、転んで腓骨《ひこつ》骨折したでしょ。あのとき、腓骨なんてものがあるのを初めて知ったわよ。これが治るのに時間がかかってねえ。つくづく、年を感じたわ」

そうそう。あのときは、礼儀として見舞いに行った。だが、どんな経緯を経て治ったか、全然知らない。

「杖をついて歩ける程度で退院させられるのよ。だから、ケガをしたとき、一人暮らしはいろいろ大変なのよ。そんなとき、真奈美に付き添いやらなにやら、させるようにしておけば、安心でしょう？」

そりゃ、そうですね。

毛がなくなるのも困るけど、ケガなき余生のほうは、夢のまた夢なのかしらねえ。

砂漠化するわたし

文子の兄一成《かずなり》は、中学生のときはプロ野球選手に憧れ、高校生では映画スターを夢見、大学ではデモ行進に参加し、卒業すると「反体制運動って、なんですか？」みたいな顔で自動車メーカー勤務の父のコネがきく自動車販売会社に就職した。

主義主張は何もなく、そのとき脚光を浴びているフィールドに引き寄せられて、仲間とつるんで出歩くのが好きなだけのノンキ坊主である。

そんな彼を「総領の甚六」と軽んじる文子とて、ふらふら生きることにかけては負けてない。

高校生の頃、当時のスター職種だったコピーライターに憧れ、広告を教える専門学校に通った。二年で卒業し、学校が紹介したローカル広告会社にめでたく就職。

しかし、二十歳やそこらで花形コピーライターになれるわけはなく、お茶くみと電話番とお使いばかりの毎日に飽きて、二年で辞めた。

前述したように、結婚適齢期の女は無職の家事手伝いで威張っていられる時代だったから、退職後は小遣い稼ぎにスーパーのパートになった。

すると、これが性に合った。

季節ごと、売れ筋ごとの商品の入れ替え。セールで押し寄せる客の案内と整理。消費者の変わりやすい気分に直接触れる職場は、飽きっぽい文子にうってつけだった。明るい接客態度が本社にも受けて（若いおねーちゃんだったしねえ）、正社員にならないかと誘われ、結婚するまでの腰掛けと軽い気持ちで再就職。

でも、三十歳目前で辞めた。

結婚を期待していたところがあったものですから。しかし、その件は消えた。

スーパーの正社員になったとき、結婚するまでに一人暮らしをしておきたいと賃貸アパートに引っ越した。そのライフスタイルがよくてよくて、こっちはやめたくない。

一人暮らしを維持するためには働かねばならず、すぐにできる仕事は慣れたスーパーの売り子さん。求人はいつでもあったから、ときには二つの職場を掛け持ちしたりして、ほぼフルタイムで働き続けた。

五十歳でそれも辞めたのは、自動車メーカーを定年退職後ふさいでいた父が脳梗塞で倒れたのがきっかけだ。

好きな職場ではあったが、たぶん更年期のせいで「もう、辞めたい！」みたいにイライラしていたから、渡りに船だった。

文子は実家とアパートを往復して、介護した。実家に泊まり込みする機会が増えると、家賃負担が重荷になってきた。なにしろ、家族の介護にはギャラが出ない。

幸い父の症状はリハビリで自力歩行できるまでに回復する程度だった。だが、糖尿病持ちの父は、予後の健康管理に神経を使う必要があった。なにより当の父と、父に頼りきりの母の気が弱くなった。一方、文子はもう家賃を払いたくない。

だから、文子が実家に戻って一緒に暮らすと告げると、二人とも大喜びした。母は少し前まで、「いい人はいないのか」「自分たちが死んだあと、文子が一人になるのは心配だ」と気を揉んでいたのに、「こうなってみると、文子が結婚してなくて、よかったわ」と、身も蓋もない本音を漏らした。

文子の人生計画では、どこかの時点で結婚しているはずだった。

これまでに二度、結婚を考えた相手がいた。だが、一人は煮え切らず、一人は離婚せずで、尻すぼみに終わった。

男運がないのか、はたまた男を見る目がないのか、どっちにしろ、還暦の今となっては、自分に欠けていたのは結婚願望そのものだと考えている。

好きなときに海外旅行にでかけ、ときおりハシカのように熱が出るアイドル追っかけにいそしむなど、文子は誰に気兼ねすることなく行動してきた。独身だからだ。この気楽さを譲りたくなかった。

加代子に老後の不安をつかれると一言もないのは、わがまま勝手に生きてきた代償だ。

文子が同居するようになってからの父は定年退職後から関わっていた町内会の理事職に戻り、母も以前から参加していた公民館でのイベントや学習講座にいそしんだ。

一方、文子はニシノベーカリーのパートになって、その収入はまるまるお小遣いという優雅な暮らしに移った。

三人分の生活費の配分を任されたのをいいことに、健気にチマチマ貯めてきた自分の口座にはなるべく手をつけないように案配した。

とはいえ、いい年をして昔で言うところの「家事手伝い」で寄食するのは申し訳ないので、エアコンやシステムキッチンなど実家の老朽化した箇所のリニューアル費用を払った。まあ、自分の居心地をよくするためだから、親孝行とは言えないのだが。

本音を言えば、未婚で実家に戻って親と暮らすことには、忸怩たる思いがあった。何事もなさず、何者にもなれなかった負け犬だ。そんな敗北感を否めなかった。

ところが、年取ってからの親子三人暮らしが、すごくよかった。思春期から三十越えるまでは親がうっとうしくて邪険にしていたのに、今は文子を頼る両親に感謝の気持ちを持って寄り添える。

結婚せず、こだわる仕事も持たず、親の晩年を看取るために生きる。それは十分に胸を張れることだと、思えた。

こんな具合に、世間体はいつまで経っても気になるものなんですねえ。

面目が立つと、生きやすくなる。しかし、そうそう楽はできないのが人生。

同居開始一年後に父が再び、脳梗塞を起こした。気をつけていたつもりだが、夜中にトイレに起きたとき、めまいを起こして倒れ、頭を打ったのだ。

意識は戻ったが、短期間での再発で父は先行きを憂えるようになった。そして、頭がはっきりしているうちに今後のことを決めておきたいと、病室に家族を招集した。同居で両親の老いを看取る文子に実家の不動産を相続させると決まったのは、そのときだ。

兄は分譲マンションのマイホームを持っているし、家族もいる。だが、独身の文子には何もない。せめて、家を残してやりたいと父が言った。そのとき、両親も文子も涙ぐんだ。兄夫婦は憮然としていた。だが、兄は「わかった」と頷いた。

単独相続することに文子は当初、申し訳なさを感じていた。だが、その後、車椅子生活になった父の介護がしんどくて、負担が少ない兄夫婦を恨んだ。家くらい、もらって当然だと思った。

デイサービスやヘルパーさんなど、受けられる支援は全部受け、ニシノベーカリーの仕事も続けた。他に居場所を確保していないと、息が詰まるからだ。週に一度のヨガ教室も欠かさなかった。家にこもりきりで落ち込むばかりの母の心配まで、していられなかった。

いやはや、介護は心をむしばむものですね。

救いは終わりが必ず来ることだ。家と施設を行き来する二年を過ごした父は、風邪をひいて入院した病院で卒然と息を引き取った。

葬儀での挨拶は、喪主となった文子がした。茫然自失の母は、参列者の挨拶にまともに応えることもできなかった。

そして、遺言書までは用意されなかった単なる口約束を、兄は守った。

欲や野心がないのが、兄のいいところだ。東西家遺伝子唯一の美点かもしれない。文子も野心家ではない。欲張りでもない。

というと、素朴な善人のように聞こえるが、そんなことはない。摩擦を起こすのがイヤなだけの、意気地なしなんですよ。言い合いが苦手で、長いものに巻かれるほうを選ぶ。

ゆえに、兄が結婚して以来、家族間の取り決めとなると、必ず加代子がしゃしゃり出る。よって、実家の火災保険も、文子が加入している生命保険や医療保険もすべて、加代子の差配だ。生命保険の受取人は、兄である。

そして、父亡き後、実家の不動産を維持する方法として、一千万円かけて改築したうえ（バリアフリー化と耐震強化でお金がかかった）、一階をテナント貸しし、家賃でローンを相殺するプランをリードしたのも、加代子だった。

文子は、一家の財布を預かり、あれこれ差配した経験がない。税金や保険の知識は皆無だし、人との折衝も苦手だ。

それにね。基本的に、なーんとなく生きていきたいのだ。そういう性分なんです。

だから、不動産屋や税理士に知り合いがいる加代子が「こうしたら」と言うたびに、「お任せします」で丸投げした。

土地を担保にした一千万円のローンの、返済期間十五年。毎月の返済額は八万円。一階の家賃は十万円。額面の決定もなすがまま。

文子の希望は、ご飯を作るのが面倒くさいとき食べにいけるから店子は定食屋がいいというささやかなものだったが、一笑に付された。

店子も、堅い職種が一番と加代子が探してきた税理士事務所が、今に至るまで入居している。


還暦祝いに終活ノートを押しつけた加代子は、緊急連絡先だけでなく、生命保険の受取人も娘の真奈美に変えたらどうかと持ちかけた。

最終的には、実家不動産の相続人も真奈美に指定させたいのだろう。

それは別に、構わない。

どう老いるかについては、できる限り、自分でコントロールしたい。でも、死んでしまえば、後は野となれ山となれだ。

文子は鳥葬に憧れている。中学生のとき、学校の図書館で挿絵入りの「世界の奇談」的書物で見た。チベットかどこかのアジアの高地では、遺体を丘のてっぺんに置いていく。すると、ハゲタカが全部食べていくのだそうだ。

姥捨て山の習慣は日本にもあったようだが、どうせ食べられるならカラスよりハゲタカがいい。乾燥した高地で、いずれは粉々になった骨が風に吹かれて、大気に紛れて自然に還る。美しいなあ。

でも、そんなの無理。

というか、鳥葬でも火葬でも樹木葬でも海に遺灰をまくのでも、死んだ当人にとっては同じことだ。

消えてなくなる。どんな形だろうと、それが美しいゴールであることに違いはない。残った人の好きにして下さい。

問題は、老い先なのだよ。

加代子に脅されるまでもなく、文子がまず警戒しているのは骨折である。

文子の母が転んで足首を捻挫したのは、まだ父が生きている頃だ。

救急車を呼ぶのを嫌がる母を父と二人で抱えるようにしてタクシーに乗せ、近くの外科クリニックまで行った。そして検査した結果、脊椎の圧迫骨折のほうが問題だと教えられた。

そこで見た母のレントゲン写真は、衝撃だった。

白く縁取られた脊椎の中身が、まるで伝線しまくりのストッキングのように隙間だらけだ。背中の真ん中あたりで、一枚の脊椎がクシャリとへしゃげている。

ちなみにと見せられた健康な脊椎は、中身がみっしりと詰まっており、レントゲン写真では骨格標本そのものの白さが美しい。

見比べると、暗澹とした。

母は運動嫌いのうえ、揚げ物好きで肥満気味の体型を顧みなかった。骨粗鬆症になる下地は十分に合ったのだ。

骨粗鬆症なるものの知識が乏しかったこともある。

文子の記憶によれば、初めて「骨粗鬆症」なる言葉が一般に流布したのは、ほんの三十年くらい前だ。

大正生まれの母の世代では、ばーさんになると背が縮み、腰が曲がるのをどうしようもないこととして、あきらめていた。

今は、スカスカになった骨を元に戻す方法はないが、骨を取り巻く筋肉を鍛えれば、自前のコルセットになってくれるとわかっている。

だが、当時七十五歳の母の心は、骨よりも弱かった。

ストレッチと筋トレをしなさいと教えられ、文子は今後のためにと、熱心に取り組んだ。ところが、運動の習慣がない母は、初歩のストレッチでも痛がって、すぐにやめた。外出も嫌がり、引きこもってテレビばかり見ていた。

じっとしていると、骨は弱くなる一方だ。ちょっとした衝撃であっけなく肋骨が折れ、骨盤に亀裂が入り、脊椎も頸椎もどんどんつぶれていった。その痛みに耐えかねた母は、ますます動くのを嫌がった。

血行が悪くなり、身体のあちこちに不具合が出た。悪循環で、父の死から数えて五年間、病院と自宅を行き来するだけの憂鬱で長い晩年を過ごした。

ニュースによると、今の日本では六十歳以上の高齢者のほうが運動に励んでおり、体力が向上しているそうだ。

老親を介護した世代だからだと、文子は思った。自分同様、学んだのだ。

母を反面教師として、筋肉と骨と血行に関する備えはできた。

みなさま。筋トレとストレッチと運動で、老化に歯止めをかけられますのよ。

しかし！

歯止めがかからないものが、脱毛以外にもあるのだよ。

それは、体内水分含有量の著しい減少！


二年前に母を送り、ようやく気持ちに余裕ができて、しばらくサボっていた健康診断に行った。すると、背が縮んでいた。身長一六〇センチだったのに、一五八センチになっていた。二センチも縮んだのだ！

胸のレントゲンで見える背骨は、まだみっしり中身が詰まっているように見える。近所のクリニックで骨密度を測ってみたら、若くて健康な人の数値の九〇パーセントを満たしているから、骨粗鬆症にはまだなってないと言われた。

でも、縮んだのよね。

水分量が減ったからだと文子は思う。

人体の水分量は成人で六〇〜六五パーセントだという。老人は五〇〜五五パーセントだとさ。

水分が減ったから、身長も低くなったのよ！

理屈に合うでしょう？

水分減少といえば、いの一番に気にするのが顔だ。更年期前から、保湿力カバーのローションで、うるおいを補給したり、放出されないよう閉じ込めたり、大わらわだった。

でも、顔はなんとかなるのよ。前からいろいろと手を施しているから。

そのぶん、気にしてなかった部分がひどいことになる。

背中とかお腹とかおっぱいの下とかが乾燥して、かゆくなる。

かかとのがさがさ。手指のひび割れ。それから、ドライアイ。

ローションも目薬もハンドクリームも、更年期初期はスタンダードなもので間に合った。

だが、六十近くなるにつれ、いくら塗り重ねてもすぐにカラカラのパサパサに戻ってしまう。補給した水分が、まるで砂漠に一滴だけ垂らしたしずくのように、一瞬で消えてしまうのだ。

そのくらい、乾燥してるってことなんだろうなあ。

筋肉は鍛えれば強くなるが、失われた保湿力は戻ることがない。

わたしの水分量は五〇パーセントもないんじゃないか？

そんな気がする、乾燥ぶり。

ドライアイも、とろりとしたいかにも濃厚な目薬でないと、すぐにゴロゴロしてくる。けどさあ。文子は年を取って、ずいぶん涙もろくなったのだよ。

加代子がよく「文子ちゃんはクールね」と言うくらい、皮肉屋で批判屋で底意地の悪い、感動しにくいタイプだった。恋愛方面で数といい記憶といい、あっさりし過ぎなのも、持って生まれた情緒不全のゆえだろう。

それなのにこの頃じゃ、難病もののドキュメンタリーでも、電柱からおりられなくなった子猫の救出ニュースでも、ポロポロ泣く。スポーツ選手の「感動秘話」なんか、もれなく大泣きする。

いくらでも涙が出るのだ。

それだけでなく、寒い日に風が当たるだけで涙目になる。

涙目になりやすいのに、ドライアイで苦しむとは、どういうわけだ。

おしっこの勢いも若い頃ほどではないぞ。汗もあまりかかなくなった。水分量が減ったから、相対的に出る量も減る。それは理屈に合っている。だが、涙はどうなんだ。瞳にとどまるべき水分が涙ですぐに流れ出てしまうから、乾燥がひどくなるのか？

若い頃、年寄りの腕を見て「枯れ木みたい」と思っていた。自分もいずれ、ああなるのだ。いやだけど、しょうがないよね。なんて思っていた。

でも、乾燥は全身に及ぶのだ。

とくに困るのは、目と手とかかと。

目が乾いて、チクチクする。手指とかかとはひび割れ、皮がむける。しかも、それが治らない。

痛いだけでなく、かゆい。かゆみ止めや保湿剤を投与しても、すぐに効果がなくなる。従って、痛いかかゆいか、どっちかの感覚に常に見舞われている。

ほっといても潤っていた若い頃は、乾燥がもたらすのは見た目の悪さだけだと思っていた。実は、痛みとかゆみのほうが始末が悪い。見た目はカバーできる。しかし、内側の神経から来る痛がゆさは消えてくれない。

鎮痛剤が必要なほどではないから、じわじわ続く痛がゆさをこらえる日々なのだよ。

頼りは、こうした感覚も老いて鈍くなることだ。

文子はアトピー体質だが、季節の変わり目ごとに出ていた発疹発作がなくなった。

そりゃ、そうでしょう。乾燥による神経反応が強まる一方なら、年寄りは全身が痛がゆくて、いてもたってもいられないだろう。

加齢という自然現象による乾燥には、感覚鈍化がついている。生きているのがつらくなるような現象は出ないようになっているのだ。

人体のプログラムは、かくもパーフェクトだ。

あれこれ検証してみると、文子が行き着く結論は、それだ。

でもねえ。やっぱり、乾燥はつらいよ。

近頃のばーさんは、パソコンやタブレットやスマホを使うから、高精度のデジタル画面に目と指先の水分を吸い取られる。昔のばーさんより、乾燥の度合いが激しいんじゃないかな。でもって、乾燥すると、タッチパッドが反応しなくなる。タブレットもスマホもATMの画面も。困るよぉ。

乾くといえば、色気方面もカッサカサですわ。

涙もろくなっても、「切ない」「胸がきゅん」感覚がもはや、皆無。

心も身体も、濡れません。

というか、文子の場合、色気方面カサカサは生まれつきだ。

恋愛に夢中になった覚えが、ほとんど、ない。真っ最中はくすぐったくなるような言葉を交わしたり、泣いたり、いろいろあったが、別れるときれいに忘れてしまうのよ。

未練って何。まだ食べたことない――って感じ。全然、引きずらない。別れたあとに顔を合わせるとさすがに決まりが悪かったが、それは「こいつとあんなことやこんなことをしていたなんて、信じられない」というだけだ。

でもね。言わせてもらえば、女というのは大体そんなものらしいよ。

同い年の友達に、あの頃付き合ってた彼氏の話をするとおおむね「そんなことも、あったわねえ」の一言で終わりだ。あるいは「若かったからね」と、軽く突き放す。

懐かしいとかあの日に戻りたいとは、誰も言わないのだ。

恋愛方面において、女は過去を振り返らない。

心の水分過剰な女は、いつでも新たな「ときめき」を欲しがるのだ。

知り合いの中には、更年期を過ぎても「恋がしたい」「抱かれたい」「濡れたい」と口走る者がいる。

少数派だが、いることはいる。

「ときめきがないままじゃ、死んでも死にきれない」とか。

いやはや、凄いなあ。その種の欲望でムラムラしていれば、そりゃ、死なないでしょう。

ただし、類は友を呼ぶので、文子と仲がいい女たちの合い言葉は、「できるだけ長く、おいしく食事したい」てなもんだ。

色気より食い気。食い気があるうちは、大丈夫。

おっと、ときめきはあった。

実は文子は、ここ二年ばかり大衆演劇にはまっている。小紫彦也一座という、このあたり一帯の温泉旅館や芝居小屋で興行を打っている一座の若手をひいきにしている。

化粧をすれば格段に色っぽくなるスターで、金を注ぎ込んでデートにまで持ち込むおばばもいるが、文子は見に行って、果物を差し入れして、帰り際に「頑張ってね」と握手するくらいの清純なお付き合いにとどめている。

万札のおひねりをあげたこともない。そこまで溺れない。根がケチなのです。

ケチんぼは情緒不全と、相場が決まっている。心が砂漠だと、間違っても男にお金をだまし取られたりしないから、それはいいこと。

ところが身体の砂漠化は、症状を軽減するのに目薬やクリームやなんだかんだでお金がかかる。残念無念。

おっと、乾燥方面での重要な注意事項があった。

水分激減の身体は燃えやすいから、火の用心、さっしゃりませ。燃え尽きるのは、棺桶に入ってからにしよう。

アンドロイド化するわたし（ただし中古です）

プレばーさんにとって、真性ばーさんはテキストである。文子の場合、母のおかげで骨粗鬆症について学び、対策を講じることができた。大体において煙たい存在である加代子も、五歳年上だけに老化に関しては大変参考になる。

一例を挙げれば、ばーさんにはコンタクトレンズが使えないことを文子に知らしめた。目の乾燥が著しく、しょっちゅう保湿目薬をささないとチクチクして痛い。こんな状態では、水分で親和するコンタクトレンズの使用は、もはや不可能だ。かくて加代子は、遠近両用の老眼鏡と普通の老眼鏡と近くを見るための近視用眼鏡と小さい字を読むためのペンダント型ルーペを使い分けていたのだが、この遠近両用眼鏡なるものが、けっこう使いづらい。

一つの眼鏡の中に遠視と近視の両方があるということは、極めて接近した視点に真逆の機能が混在するわけで、見る対象によって焦点を合わせているときはいいが、うっかり視点を動かすと世界が歪むわ揺れるわで、気分が悪くなるんだってさ。

だから、結局は老眼鏡のみを「オノヨーコ方式で使うようになるのよ」と、加代子。

オノヨーコ方式とは、何か。文子の問いに、こう答えた。

「最近のオノヨーコ、大村崑みたいにちっちゃい眼鏡を鼻先にのっけてるでしょ。色つきだけど、あれは老眼鏡よ。ああすると、近いところを見るときだけ視線を下げれば老眼鏡ごしになるから、混乱しないわけ。それに、ああしておけば、老眼鏡消失の法則に振り回されずにすむ」

近眼鏡と違い、必要に応じて使う老眼鏡は、必要が生じたときに手元にあるとは限らない。というか、ほぼ、ない。厄介なのは、どこに置いたかの記憶もなくなることだ。

老眼鏡は百円ショップにもあるから、予備をいくつも買い込んで、そこらじゅうに置いておく。それでも、なくなる。

鼻眼鏡にして、いつも鼻先にセットしておけば、なくさない。

チェーンをつけてネックレスみたいに首から提げておけばいいじゃない、と、若いあなたは思うでしょう。

でもね。首から提げていることを忘れるのよ。それは文子にも、十分想像できる。というか、絶対、忘れてあちこち探し回る羽目になる自信がある。じーさんがはげ頭にのせた眼鏡を探し回るのと、同じ。

とはいえ、今はまだ、老眼鏡は必要に応じて探し出す段階でオッケー。

かくのごとく、母や加代子が身をもって伝える老化のあれこれにより、「まだ先のことだが、備えは今からしておかなくちゃ」みたいな心の準備から始めることができる。

しかし一つか二つ年上の、いうなればプレばーさんのご同輩（断じて、「先輩」ではないのだよ）は、「今、そこにある老化の危機」を如実に伝えてくれる——どころではない。すぐに自分にも同じことが起きて、医者が言ったことや処方された薬の情報を交換しつつ、愚痴と嘆きを共有する「同病相憐れむ」仲となるのだ。

なんであれ、仲間がいるのは心強いですよ。

文子の場合、一つ上の南原麻利子がそれに当たる。

短いOL時代の同期で、デスクが隣り合い、ランチを一緒に食べ、残業があれば付き合って苦楽を共にした（って、二年間だけど）。辞めたのも、ほぼ同時。二人でしょっちゅう「辞めたいね」と愚痴っていたのだ。

その後、道は分かれた。

麻利子はビジネス専門学校に入って経理のスキルを身につけ、パートを皮切りに着々とキャリアを伸ばした。そして、四十代で小さいながら事務処理のアウトソーシングを請け負う事務所の経営者にまで上りつめた。

三十代から更年期まで、おおいに稼いでいた頃の麻利子を文子は敬して遠ざけていた。スタート地点は同じだったのに、差をつけられた。

のんきに生きるのは文子のポリシーだから、麻利子に劣等感を持ついわれはないのだが、身につけるものや行く場所のステータスで如実に表れる格差には、どうしても引け目を感じた。

そのうえ、稼ぎのぶんだけストレスも大きい麻利子の目にお気楽な文子が小憎らしく映るらしく、「マナーがなってない」とか「世間で起きていることに無頓着でありすぎる」とか、説教された。

当たっているだけに、きつかった。反動でムクれた文子は、麻利子を避けるようになったのだった。

麻利子に言わせれば、あの頃のブランド固めや贅沢三昧はストレス解消の手段でしかなかったそうだ。文子への説教も八つ当たりで「あとから、すっごく後悔したのよ。でも、謝れなかった。今さらだけど、ごめんね」と、頭を下げた。

ここまで丸くなったのは、五十五歳ですっぱり現役引退した賜物だ。

引き金を引いたのは、体調不良だった。

定期検診の血液検査で異常がみつかり、精密検査で深刻な胆囊炎とわかった。摘出手術を受け、その後は無事に回復したが、入院中に思うところがあったようだ。

父親を早く亡くした麻利子は、働く母親の背中を見て育った。そのため、自分も自立した女になったわけだが、自立しすぎて結婚運が遠のき、結局、家族は母だけ。

体力を恃みにがむしゃらに働いてきたが、どうやら、いつ倒れるかわからない年に近づいたと身体が警告してきた。それなら元気なうちに、母に残された時間にできるだけ寄り添いたいと思ったそうだ。

それで、退院するやいなや、事務所をたたんで引退する方向で動いた。

そして、話し合いの結果、長年アシスタントとして働いてくれたスタッフに委譲する形で引き渡し、自分は「定年退職したサラリーマンと同じか、少ないかもしれない」退職金を受け取って、すっぱり退いた。

周囲はワーカホリックの麻利子がおとなしく引っ込んでいるはずがないと思ったが、前線を離れた途端、ツケが回ってきたように病気やケガが相次いだ。

「やっぱり、もう働くなってことよね」と、本人は達観したようだ。

このように麻利子が穏やかになり、時間もできて付き合いやすくなったこともあって、文子とつるんで出歩く関係が復活した。

そこで、麻利子が次から次に起こす加齢劣化の症状をつぶさに知ることとなった。

まず、五十肩。麻利子は右側に出た。腕を後ろに回せない。肩より上に上げるのもつらい。うっかり後ろに動かすと、そりゃもう痛くて息が止まるそうだ。

困ったことに、すぐ効く治療法がない。時間が経てばケロリと治るものなので、病院に行っても「待つしかない」と言われるだけ。

待ち時間はおおむね、半年から一年。麻利子は半年だった。

続いて、右手親指が曲がらなくなる腱鞘炎。これは日帰り手術で、あっさり解消。それから、横断歩道で転んで左足首の靭帯損傷。このときはテーピングをしたうえに、しばらく松葉杖をついていた。

転倒イコール骨折と文子は用心していたが、靭帯損傷というのもあるのね。靭帯を傷めるのは過激に運動するアスリートだけだと思っていたが、人知れず経年劣化が来ているのだ。

経年劣化しないのは、筋肉だけですよ。やっぱり筋トレとストレッチは大事と、再認識。当の麻利子は病院で運動不足を叱られ、回復したらウォーキングを習慣にすると誓った。その証拠に退院すると同時にウォーキング用のウエアを買い、テキストＤＶＤも買い込んだが、実践は三日坊主に終わった。

いざとなると、ウエアを着てウォーキングするところを、ご近所さんに見られるのが恥ずかしくてならなかったそうだ。

普通に散歩すればいいのだと思いつき、習慣づけるために犬を飼うと決意。ペットショップに行って、猫をもらってきた。

売り物ではなく、オーナーが預かっていた捨て猫だ。「だって、目が合ったんだもん」

と、麻利子は子供のように唇をとがらせた。

「お母さんとこの子（猫のことである）がいるから、わたしは倒れちゃいけないと思うようになったから、結果オーライよ」と言い張っている。

まあね。ケガはある程度、用心で予防できる。

用心しても予防できないのが、帯状疱疹だ。


五十肩、腱鞘炎、靭帯損傷などは他人事だった。ところが帯状疱疹は、ランチを共にした麻利子に「今、帯状疱疹でね」と話を聞かされた二日後、文子も発症した。ときは一年前、五十九歳でのことだ。

早朝、右の肩胛骨あたりを鋭い爪でひっかかれたような痛みで目が覚めた。鏡で点検すると、指三本幅の発疹がある。

麻利子に聞いた症状と同じだ。すわとばかり皮膚科に駆け込んだら、一目見るなり、帯状疱疹と診断された。

文子は思わず「伝染したんでしょうか」と訊いた。

「体内にあるウイルスが悪さをする病気で、人から人へは感染しないよ」

なじみの医者が苦笑しながら説明したところによると、もともとは水疱瘡である。子供の通過儀礼的病気で、かかることによってウイルスの抗体が体内にできる。この抗体があっぱれ、ウイルスを死滅させたかというと、そうではない。いわば、ウイルスをすっぽり抱き込んで活動を抑えつけているだけだ。

そして、この抗体にも使用期限がある。おおよそ更年期までで、女性ホルモン同様、抗体も力尽きる。すると、水疱瘡ウイルスが不老不死の吸血鬼みたいに息を吹き返す。

帯状疱疹はその名の通り、身体の半分を帯状に取り巻いて発疹が出るが、ウイルスが食っているのは皮膚ではなく神経だ。

だから、皮膚に出た湿疹がかゆいのではなく、中の神経が蝕まれ、ピリピリ、キリキリ痛い。かつ、皮膚の下で虫がうごめくようなムズムズもあり、不快この上ない。痛がゆさで眠れなくなり、睡眠薬が処方される場合もあるくらいだ。

文子も、自分史上一位にあげたいくらい、痛かった。お風呂に入っているときは収まるが、布団に入ってしばらくするとキリキリ痛みが走りだし、眠れない。つらかった。

特効薬といわれるリリカなる薬は、一週間分しか処方できないという。つまり、大体一週間で治まるはずだと医者は言った。

一週間、指折り数えて痛みに耐えた。睡眠薬の助けは借りずに乗り切った。文子の世代にとって睡眠薬は自殺とかトリップ体験とかを連想させる、やばいドラッグだ。できることなら、手を出したくない。

めでたく、一週間で強い痛みは治まった。しかし、皮膚の下の神経に虫がちびちび咬みついて遊んでいるような不快な痛みは、その後も丸一ヶ月続いた。

キリキリだの、ちびちびだの擬音語を乱発しているが、ありがたいことに肉体的な痛みはぶり返さない。すごーく、痛い思いをした。その記憶はあるが、どれくらい「すごーく」だったか、感覚を思い出せないのだ。めでたし、めでたし。

けれど、発疹が出てリリカを服用するまでに食い尽くされた神経の傷は治らないとかで、あれから一年経った今も、冷えると肩胛骨まわりにちりちりと痛がゆさが走る。これはもう、一生ついて回るものらしい。

帯状疱疹は強いストレスでも発症するというから、年齢は一応関係ないのだが、更年期以降の高齢者なら、子供にとっての水疱瘡と同じく、通過儀礼的に軒並み発症する老化現象症候群（って、文子が今思いついた言葉です）だ。

一つ違いは同い年のようなものだから、抗体の使用期限が同時に切れて、同時に発症しても不思議はない。それにしても二日違いだなんて、体内システム設計はなんと正確なのだろう。

帯状疱疹のおかげで、文子は人体の神秘をあらためて思い知らされた。

自分ではいつかかったかも覚えていない水疱瘡で、体内に抗体ができていたこと。おかげで守られていたが、それにも期限があること。

抗体に使用期限があるというのが、ちょっとしたショックだった。免疫というのは、一生ものだと思い込んでいたのだ。医療の発達で長生きするようになったが、体内システムのタイマーは太古の設計時から変わらず、五十年くらいなんだな。

それに比べると、ウイルスはすごい。五十年以上、冬眠状態で生き延びるわけよね。抗体期限切れで敵が復活したのを感知すると、投薬の援軍が老体にむち打って再び抗体が作られる。ウイルスはまたしても、抑え込まれる。でも、死んだわけじゃないのだよ。ただし、今度は宿主の人体が先に力尽きて灰になるから、そのときウイルスも一緒に昇天するわけね。

それはともかく、体内システムは五十年プログラムらしいから、更年期前後から老化現象症候群が次々と出てくるのは理の当然。

しかし、ここにも個人差がある。

麻利子がかかった五十肩に、文子が（今のところ）無縁なのは、ストレッチの習慣が効いているのかな。身体を動かす習慣のある人はおおむね、五十肩にはなってないようだ（文子の周辺からの聞き取り調査による。対象は五人）。

一方で、五十肩にはなったが七十になってもまったく白髪が出ない先輩がいる。麻利子は閉経したとき出なかったホットフラッシュが、還暦後の今頃出ている。

だが、みんなお揃いになっているのが、コレステロール低下薬の処方だ。

閉経すると、コレステロール値が高くなる。これは自然現象だそうだ。ところが、悪玉コレステロールが諸悪の根源とする厚生労働省が基準値を設けていて、オーバーすると投薬で下げさせるよう、医療機関に通達している。よって、閉経後の女性はほぼ自動的にコレステロール低下薬を処方されるわけだ。

血圧も、加齢で自然に上昇する。血管の弾力がなくなるからだって。そして、高血圧も諸悪の根源だから、食事療法と運動でも下がらない場合は薬で下げるよう勧められる。

なんにでも反論はあるもので、コレステロールも血圧も気にする必要はない、または、高いほうがむしろ元気だ、という説がある。やたらと薬を飲ませるのは、製薬会社の陰謀だとか。

文子も以前は、薬で人為的に体調バランスを操作するのはいかがなものかと思っていた。体調をプログラミングして、一定の調子を維持させるなんて、まるでアンドロイドではないか。

投薬で自前の機能を操作することに、懸念もある。薬には副作用がつきもので、ネットで見れば最悪の副作用情報がこれでもかと載っている。

麻利子はこの件で、かかりつけ医者と大喧嘩をした。

代々の町医者で、本人もすでにじいさん。患者は地域の年寄りばかりで、なんでも「老化現象」の一言で片付ける。それはまあ、いいのだが、処方も機械的でコレステロール低下薬も売り出したばかりという強力なのを出した。

血液検査で一五〇あった悪玉の数値が八〇になり、医者は大いに満足したが、麻利子は一回服用しただけでそこまで下がったことに恐怖した。それで、ネットで調べて、もう少し効き目が穏やかなものに換えてほしいと頼んだ。

麻利子の父は四十五歳で、心筋梗塞で亡くなっている。麻利子にはその体質が遺伝しているから強い薬のほうがよいのだと、医者は主張した。文句をつけられたことでプライドが傷ついたらしく、彼は「あんたがしたいようにすればいい。わたしゃ、どうでもいいんだから」と言い放った。

麻利子はこれで、切れた。医者が患者に向かって言うことか、この傲慢ボケじじいが！それでまたしてもネットで調べて、「患者さんが納得いくまで話し合うのがモットー」と謳うクリニックに鞍替えした。

そこで処方された薬は、かの老医者が処方したものより軽いものだったが、父親が心筋梗塞と聞くと、血圧を下げる薬も追加された。ドーピングを避けたくて医者を変えたら、かえって投薬が増えた。皮肉な結果だが、文句を言えなかった。

四十そこそこの医者は、頸動脈エコー検査をして、麻利子の首に動脈硬化があり、一部に血栓になりかけのプラークがあると教えた。

「血栓が心臓に飛べば、心筋梗塞。頭に飛べば脳梗塞を起こします。悪くすると、つらいつらい寝たきり状態になります。それは避けたいでしょう？」

痛いところを突いてくる。麻利子からの又聞きで、文子は感心した。

スパッと死ねれば、むしろそのほうがいいくらいだ。だが、ある部分だけがつぶれて、障害が残るとなると……。

薬でリスクを下げられるなら、飲みますよねえ。

「前のじじい医者は、老化現象は仕方ないというスタンスだったのよ。不整脈も、静脈瘤も、高血圧も、腱鞘炎も、消化不良も、しょうがない。薬でだましだまし、やっていくしかないってね。でも、若い医者は、だましだましじゃなく改善できるんだって、強気なのよ。体調は医学と科学の進歩で管理できるって。彼のテーマは、予防なの」

麻利子は、狭心症もある。一度、夜中に顎から奥歯までを貫く痛みで目が覚めた。歯痛かと思ったが、しばらくじっと我慢していたら、消えた。そのことを話すと、医者は即座に「狭心症の疑い」と診断した。

念のために検査することまで決まった。それもこれも、心筋梗塞で死んだ父親に狭心症があったからだ。

心臓の血管に造影剤を入れるカテーテル検査は、けっこう身体に負担をかけるもので大変な思いをしたが、狭心症持ちと判明し、さらに薬が増えた。

「わたし、胆嚢手術する前は、血圧もコレステロールも気にしないと決めてた。だって、元気だもん。わざわざ、病気探し出すことはない。今の世の中、どこも悪くないなんて人はいない。病気があると聞かされると、途端に具合が悪くなる。気の病のほうが多いと思ってた。でもさあ、死ぬのはいいけど、要介護状態になるのがイヤなのよねえ」

「よねえ」

文子は深く深く、頷いた。

文子の父は糖尿病が持病だった。体質遺伝が考えられるので、文子は食事と血糖値には気をつけている。そのうえ直接の死因が脳梗塞だったことに影響されて、コレステロール低下薬と降圧剤も処方通り、服用している。そして、たまに飲み忘れると「わ、大変」とばかり焦る。

これ、健康に気をつけているってことなのかしら。

父も母も毎日、大量の薬を飲んでいた。

こうしてみると、現代の高齢者はみんなアンドロイド化してるようなものじゃないか。

まあ、部品交換すれば、いつでも新品同様に戻るアンドロイドと違って、できるのは微調整で全体が中古のぽんこつなのは変わりないんだけどね。

みんな、薬を飲む。それでも、老いていく。医学と科学は進歩するが、時間を巻き戻すことはできない。

そういえば、加代子は白内障対策として手術の可能性を説かれているという。白内障は白髪と同じで、加齢で起きるもの。手術で濁った水晶体を人工のレンズと交換できる。成功率は九割を超え、かなり一般的になっている。これで、近視の矯正もできるそうだ。

コンタクトレンズが使えなくなったことだし、白内障が進んだら手術するかもと、加代子は言っている。

文子は裸眼だと0.5の近視だ。舞台や映画など遠くをはっきり見たいときと、眼鏡が邪魔になる運動をするときに、ソフトコンタクトレンズを使っている。だが、ドライアイには悩まされている。暖房の効いた屋内にいるときは、目薬をささないとコンタクトレンズが目玉に張りついて痛いのなんの。それを思うと、コンタクトレンズ使用を諦める日は思ったほど先のことではないよね。

アイドル追っかけは、あと十年はやりたい。てことは、わたしも白内障手術に踏み切るかも。

これも、アンドロイド化だ。

薬で体調調整するなんて、不自然だ。自然に老いて、朽ちていきたい……なんて、我ながら、どの口が言うって感じね。

わたしたちは老いていく。圧倒的な時の流れの力を操作することなんて、できやしない。そのスケールを思えば、ちょこっと薬を飲んで体調管理するくらい、バチが当たるほどの「不自然」じゃないよね。と、自分に言い訳。

だってさ、ぴんぴんころりはみんなの願いなのに、叶うのはほんの一部なんだよ。どうしたって、期限切れ寸前のおんぼろを無理使いして青息吐息の運命は免れないのだ。金持ちだろうと貧乏人だろうと、老化は平等。

中古のアンドロイドでも、生かされているうちは生きていこうよ。お迎えはちゃんと来るんだから。

加齢臭に蓋はできない

オヤジは臭い。

それが気のせいではないと証明されたのは、二〇〇一年のことである。さる化粧品メーカーの研究員が、加齢によって体臭を変化させる成分が生じることから、「加齢臭」という言葉を発明した。

この言葉を知った当時、文子が思い当たる加齢臭は父親のものだった。

それは、縁側で日向ぼっこをしている猫、あるいは古本、滅多に開けない納戸の中、それらに似たかび臭さで、いかにも「枯れた」感じで、そう悪いものではなかった。

あれはオヤジ臭ではなく、じいさんの匂いだ。「臭い」ではなく、「匂い」のほうだった。

オヤジ臭は、「枯れた」感じとはほど遠い。生々しい動物の臭さだ。

生々しいが、本体が古くて新陳代謝が進まない。ゆえに、排出しきれず澱のようにたまった汚れが粘ついて濃縮され、いわゆる「饐《す》えた」臭いとなって鼻につく。

と、わかったのは、それを実際にかいだときのことだ。

あれは兄が六十を過ぎた頃だから、もう七年くらい前のことだ。

兄が運転する車の後部座席に乗ったとき、ぶわっと不快な臭いに襲われた。

なんだ、これは。

文子は思わず、兄の後頭部を睨んだ。

兄は昔から烏の行水で、シャツの襟に汚れの首輪を作るタイプだ。これに関しては、加代子がいつもこぼしていた。

しっかり身体を洗っていると思えないが、さすがに一緒に入って洗ってやることもならず、注意をすれば喧嘩になる。

娘に「お父さん、臭い」と言われても、機嫌を悪くするだけで対策はしない。

娘に「臭い」と言われる父親は兄だけではないらしく、オヤジ同士の会話で「あれは反抗期の一種」と慰め合っているらしい。つまりは、ただの悪口に過ぎないと自分に甘い結論を出して、自己肯定している。困ったものだと。

しかし、文子がかいだ臭いの質は不潔が原因とは思えなかった。洗えば落ちる、そんな生やさしいものではない。何か、こう、そうだな、やはり、本人から発生するものだ。かつ、以前の兄にはなかった体臭……。

これが噂の「加齢臭」か？

ひそかに納得したが、本人に向かって「お兄ちゃん、臭い」と言えなかった。二人きりの兄妹とはいえ、打ち解けた仲ではない。どうしても、遠慮が働いた。なので、あとで加代子に言った。

加代子には言えるのである。それというのも、この兄嫁が夫への不満を文子にどんどんぶつけるからだ。女同士の気楽さからか、文子を甘く見ているせいかわからないが、ときどき、兄をかばいたくなるほど遠慮会釈がない。

とはいえ、おおむね「ほんとに男って」式の男全般に共通する欠点のあげつらいだから、共感することのほうが多かった。

兄のオヤジ臭（加齢臭より、こっちのほうがイメージにピッタリ）を訴えたときも、加代子は「でしょう？」と眉を寄せた。

「いくら言っても、真に受けないのよ」

実は、五十代からすでに臭っていたと言う。

四十代なら、まだ会社のOLたちによく思われたいから消臭に努めるだろう。だが、定年近くなるとどうでもよくなるらしく、臭わせ放題となった。

娘があからさまに嫌がるのにも、慣れてしまった。というか、娘のほうが音を上げて苦情を言うより接近しないように努めているのだそうだ。

というわけで、妻が一人で被害を被る羽目になった。

「わたしの言うことは聞いてくれないから、今度、文子ちゃんから言ってやってくれない?」

そう頼まれて、同席した際、ちょこっと「お兄ちゃん、加齢臭するよ(本人向けには、この言葉が便利)。対策したら?」と言ってみた。

すると兄は「そんなのは、石鹸や香水を売るための誇大広告だ」と取り合わない。それ以上突っ込むことは、できなかった。

兄と一緒に暮らしているわけではないから、平気で放置できる。自分の臭いには気がつかないからねえ。奥さんたちは大変ねえ。と、同情のふりだけして、すませていた。

ところが三年ほど前になるだろうか、なんと、加代子からも同じ臭いが漂うようになったのだ。

最初は車の中だった。だから、兄の残り香だと思った。

「この車、お兄ちゃんの臭いがするね」

そう言うと、加代子は「そうなのよお」と愚痴った。

「染みつくのねえ。枕カバーやご愛用のクッションなんか、いくら洗っても臭いがとれないのよ」

ペットの臭いも消すという消臭スプレーに言及すると、とっくに購入していると答えた。

「いないときに使ったら、確かに効果があるのよ。だけど、臭いは元から絶たなきゃダメって、あれよ。お父さんがまた臭いをくっつけるから、イタチごっこ。意味ないのよね」

「ハハハ」

のんきに笑ったが、その後、文子の部屋で向かい合ったとき、加代子が単体でも臭うと気付いた。

兄ほど強烈ではないが、同じように饐えた臭い。

加代子ねえさん、臭うわよ。

なんて、とても言えませんよ。

一諸に暮らしているだけに、兄の臭いが移ったのだろうか。鼻が慣れて、自分にも伝染しているのがわからなくなっているのだ。これはこれでめでたいことだと、そのときは思った。こうして夫婦は、似てくるのだろう。

女にも起こるから「オヤジ臭」ではなく「加齢臭」なのだ。なるほどね。

そして、このことは加代子には言わずにすませることにした。

兄のものと比べると、臭さレベルは三割減程度。我慢できる範囲内だ。広い心で受け入れてやった。

ところが、加齢臭は身につけるものに染みつくのを忘れていた。

加代子がお下げわたししてくれたブランドものの服が臭ったのである。

加代子は一点豪華主義で、文子のように上から下までユニクロですませるようなことはない。お出かけ着は、イタリアのブランドものだ。

ただし、しっかり者なので、元を取るくらいは着る。そのためにきちんと手入れするから、文子がお下がりでもらってからも十分、人目に耐える良好状態を保っている。

だから、いつも楽しみにしていた。去年もらったニットもジャケットも、かっこよかった。

きれいにたたんで、ビニール袋に収納してある。袋を開けて、試着しようと顔に近づけたとき、ぷんと臭った。

汗染みも色あせもないのに、臭う。クリーニングに出したことは、取り忘れたタグから知れる。クリーニングの袋から出して、一度くらいは着たのか、あるいはクローゼットにしまい込まれたうちに他の服から移ったのか。恐るべし、加齢臭。

フォルムがよくても、臭いがするんじゃ着られない。着たら、自分にも臭いが移る。でも、捨てるには惜しい。それでとりあえず、袋に詰めてクローゼットの奥にお蔵入りさせた。

加代子は文子にとって、ばーさん化のテキストである。

更年期や老眼や乾燥については「いずれ、わたしも」と参考にした。でも、加齢臭は別だ。「いずれ、わたしも」と、全然思わなかった。

なぜだろう？

自分は臭わないと、どこかでたかをくくっていたのだろうか。

しかし、老化に例外はない。

来ましたよ、加齢臭。

正直に言うと、自覚したのは五十九歳のときだった。

暑い夏、ちょこっと外出するだけで、どっと汗をかいた。

少しでも風を入れたくて、Tシャツの襟ぐりを引っ張って胸元を開いたとき、ぶわっと来た。

ギャッ……と、心が叫んだ。

汗を素早く吸収し、肌触りはいつもサラサラ。そのうえデオドラント効果を織り込んだ素材だから、匂いもしない――が触れ込みのブラキャミを着ていたのに、臭うじゃないか。

しかも、これは単なる汗くささではない。

「饐えた」と「かび臭い」のブレンドとしか言いようのないこれは、か、か、加齢臭だ……。

しかし、この加齢臭は汗がもたらしたと思われる。汗をかいてないときは、臭わなかった（と思う）。

あわてて、加齢臭について調べてみた。

加齢臭の元となるのはノネナールという物質で、脂肪酸と過酸化脂質が結びつくことによって発生するのだとか。酸と脂肪のダブル攻撃だ。いかにも臭そう。

四十を過ぎる頃から、酸化を抑制する力が低下するので、脂肪酸と過酸化脂質がどんどん増えていく。この二つを総合して、活性酸素と称している情報源もある。

敵は活性酸素、つまり酸化だ。老化が進むと、人体のpHバランスが酸性に傾くという。だから、近頃は「老化」の同義語として「酸化」が主に美容関連で使われるようになった。

金属は酸化すると、錆びる。同様に、人体も錆びていくのだ。動きが鈍くなり、もろくもなる。しかし、金属との違いは臭うことだ。

錆びも匂うが、金属だけにクールで鼻をつくほどではない。加齢臭には、人間が動物であることを思い出させる湿気と暑苦しさがある。

男性は四十代から、女性は閉経後に加齢臭が発生する傾向がある、と淡々と結論づけられているが。

おー、やだ。

老化の数々を自然現象として受け入れようと心に決めた文字だが、加齢臭には備えてなかった。

ネットで「加齢臭」を検索すると、消臭に効果があるという石鹸の紹介がドカドカ出てくる。

洗えば落ちるものなわけ？

ふむふむ。耳の後ろ、脇の下、胸元、背中など汗腺が集中しているところが臭いの発生源だから、よく洗えばかなり消えるとな。

やはり、汗が関係しているのか。

でも、兄や加代子は冬でも臭ったぞ。服にも移っていた。

おー、ちゃんと身体の内側からも対策をするべきとある。

動物性脂肪を避け、禁煙し、アルコールも避けて抗酸化に努めること、とある。

文子は煙草を吸わないし、どちらかというと和食党で肉の摂取量も少ない。お酒は赤ワイン二杯くらい。それなのに、臭うのである。

抗酸化に努めても、加齢は止められない。従って、加齢臭は万人に否応なく訪れる、ごく一般的な老化現象なのだ！

心の慰めにネットで加齢臭相談をのぞいてみたら、四十代前半で出た、とか、会社の女性上司が臭う、とか、報告が盛んだ。

老眼、白髪、薄毛、しわ、たるみ、骨粗鬆症、それらへの対策は大声で語られているのに、加齢臭は陰に隠れている。広告宣伝のコピーにするには憚《はばか》られるということか？

注意を呼びかけてくれないから、わたしもつい、油断しちゃったじゃないの。と、メディアを逆恨みする文子である。


さて、うっかり老化予測の項目からはずしていた加齢臭。

出てきたからには、対策を立てなければならない。とはいえ今のところ、清潔を保つことと肉食、喫煙、飲酒を控えて活性酸素の増殖を抑制する——というようなことしかないようだ。

だけどね。しつこいようだが、煙草はもともと吸わないし、飲酒量だって控えめ（自己判断だが）、肉も積極的に食べるほうではない。むしろ、自宅で料理教室をやっている友達に「肉を食べて蛋白質をとらないと、元気がなくなるよ」と注意されているくらいだ。

そうなんですよ、みなさん。

肉は高血圧、高コレステロールなどの不具合につながるため、食生活の敵だったはず。

ところが、近頃は「高齢者はもっと肉を食べなさい」キャンペーンが、おそらく厚生労働省あたりから出回っている。

加えて、動物性蛋白質をとらないと皮膚のカサカサも進むそうだ。脂肪は敵だが、蛋白質は必要なのだよ。エネルギー源であり、細胞の構成要素なんだから。

元気と美肌のためには、肉を食べなきゃ。でも、肉食で活性酸素が増えたら、加齢臭が……。

それを言うと、料理教室をやっている友達、原口三奈江は「加齢臭なんか、元気でいることと比べたら、屁みたいなものよ」と言い放った。

「わたしだって、するよ、加齢臭」と言う三奈江は、文子と同い年だ。

文子は、春物のカットソーを着た三奈江の首あたりに鼻を近づけ、遠慮なくクンクンかいでみた。何も匂わない。いや、ほんの少し、匂う。

「匂う?」と、三奈江が訊いた。

「うーん」

文子は唸った。

「布地の匂いと、なんていうか、体温から来る感じ?　あったかくて、ちょっと甘酸っぱい匂い。わたしの加齢臭とは、全然違う」

「加齢臭って、汗と一緒に出るものでしょう。今はそんなに汗かいてないし、出るときも自分の鼻が感じるだけで、はた迷惑になるほど発散してはいないと思う。うちの旦那は臭かったけどね」


三奈江は五年前、更年期まっただなかに亭主の定年が重なって、家に四六時中使えない男が居座る状況に我慢できなくなった。離婚したいとまで思い詰めたが、とりあえず気を紛らわせる方法として、自宅で料理教室を開くことを思いついた。

母に習った家庭料理が基礎だが、自分なりに工夫もしてきた。その経験を生かしたわけだが、口コミで次第に参加者が増えた。そうすると、やる気が出てきて勉強に励み、野菜ソムリエの資格を取るまでになった。

更年期のイライラはどこへやら。今では食について研究するのがライフワークになり、野菜ソムリエ仲間のシェフとメニューを共同開発するなど、活動の範囲を広げている。

亭主はほったらかしだが、別に不満はなさそうだ。いや、あるだろうが、あきらめているらしい。甲斐甲斐しく世話を焼いてはくれないが、食事をはじめとする家事をちゃんとやる主婦に、それ以上を要求してはいけない、と、悟ったのだろう。

さて、三奈江の説によれば、女には月経という生臭い匂いが体内から溢れる習慣があるから、男よりも自分の匂いに敏感に反応する神経が備わっている。だから、自分が感知した段階で消臭、防臭に心を砕くから悪化しない。

「それより、人工的な匂いに鈍感になるほうが怖い」と、三奈江は続けた。

味覚というのは半分がた、嗅覚が担っているそうだ。鼻の穴をふさぐと、濃いめの豚骨ラーメンもべたべたに甘いベルギーワッフルも、砂をかむように味がしないという。逆に強烈な匂いに馴染んでしまうと匂い感知センサーが鈍くなり、味覚そのものも精度が落ちる。

「繊細な味で勝負してる寿司職人は、香水つけてくる人を嫌うって言うでしょう。わたしは味がわかりませんって言ってるようなものだものね」

野菜ソムリエになり、素材の味を生かすのがテーマになった三奈江は、街を歩けば漂ってくるクレープやドーナツの甘み、カレーの辛さ、立ち食いそば屋のかつおだし、ラーメンの豚骨スープなど、通りすがりの食欲をそそるために（おそらくは）手を加えて増幅された匂いで気分が悪くなるという。

「あ、それ、わかる」

文子は同意した。

ひいきにしているマッサージ屋が、同じビルに入っている焼鳥屋の匂いを消すためか、アロマを使いまくっているのだ。

アロマとは、文子にとって「人工的な甘ったるい芳香剤」の総称である。「アロマ」と名のつくものはインセンスから石鹸まで、文子の鼻にはくどい甘ったるさがたまらなく不快に感じられる。

だから、マッサージに行くたび、嫌いな匂いに耐えなければならない。施術師がうまいのでたいがい眠ってしまうから、それはいい。困るのは、髪や衣服に匂いが付着することだ。一時間いただけでベットリ付着した匂いは、洗わなければとれない。

三奈江にそのことを話すと、「でしょ」と頷いた。

「加齢臭とそっちと、どっちかとれと言われたら、わたしは加齢臭をとる。汗と一緒に出てくるものだから、汗を拭けばとれるし。それに、なんといっても自分の匂いじゃない。猫は匂いで仲間と敵を識別するのよ。飼い猫が飼い主にすりすりするのは、自分の匂いをつけるためだって言うじゃない。生物が本来持っている匂いは生きてる証拠よ。だから、自然に発生する匂いには鼻が慣れてくる。旦那の加齢臭が気にならなくなるみたいにね。それと人工の匂いに慣れて嗅覚が鈍くなるのは、意味が全然違う。なんて言うのかなあ」

三奈江は目を天に向けて、少し考えた。

生き物の体臭は、本体と共にある。しかし、人工的な香料は、本体が去ったあとも残る。残り香といえばゆかしげだが、いつまでもとどまっていると、それは残留物だ。消えないというのは、ある意味、怖い。

「加齢臭が気にならなくなるのは生きるために必要な順応だけど、人工の匂いに慣れて嗅覚が鈍くなると、本物の植物や土や空気の香りが感知できなくなる。それって大きく言えば、生命の危険にもつながると思うのよ。たとえば、ガス漏れの匂いがわからないとかね」

なるほど。説得されてしまった。

「くさい」というのは古今東西を問わず、いじめ用語である。

「くさい」と「醜い」。どちらが指摘されたときに痛いかというと、「くさい」のほうだろう。

「醜い」には「ブサ可愛い」などという言葉があるように、視点を変えれば「魅力」に転じる逆転現象がある。美醜って、主観でどうにでもなる基準だものねえ。

ところが「くさい」は、どうにもならない。くさいと嫌われる。その共通認識があるから、いじめられっ子は「くさい」という言葉で追い詰められる。

「古くさい」「嘘くさい」「乳くさい」「貧乏くさい」と、言語のうえでも「くさい」がつくと悪口になる。

その逆で、「いい香り」は好印象に直結だ。

漢字だって、そうですよ。「臭」はいかにもクサそうだが、「香」となると品がよくて美しい。女の子の名付けに「香」が採用されるのも、むべなるかな。

かくて、「臭」を「香」に変える人工の香料が登場する。

けれど、香料は曲者ですよ。神経を過剰に刺激するからね。

それがわかったのは、文子、二十代半ば過ぎの折りだった。化粧品でかぶれたのだ。

皮膚科に駆け込むと、もともとアトピー体質だったのが日常的に使う化粧品の添加物、それも香料の刺激に耐えられなくなって、激しい反応を引き起こすようになりましたとさ。

かくて、無香料の化粧品に変えたおかげで、時間はかかったが皮膚炎は治った。

今や、アトピーやアレルギー患者は世間に溢れかえり、無香料どころかあれもこれも「無添加」のナチュラル化粧品がドラッグストアに大量に並ぶようになった。

その一方で、香り関連の製品も増え続ける。

トイレ、クローゼット、靴、ペットのおしっこ等々が放つ悪臭を消す消臭スプレーは、文子もお世話になっております。

けれど、芳香剤と呼ばれる匂いで匂いを消すものがすこぶる苦手だ。マッサージ屋のアロマがその典型だが、最近、汗くささを隠すためか、宅配便のおにいちゃんが安っぽい人工香料の匂いをプンプンさせているのに閉口する。

まあ、文子は人工香料アレルギーじみたところがあるから、過剰反応なんだろうが。

というのも、なんと、高級ブランドの香水も苦手なのである。

香水使いの友達がいて、会うときはいつも、その香りがする。ほんのり程度だが、彼女と一緒にエレベーターに乗ったり、彼女が使ったあとのトイレに入ると残り香は驚くほどクッキリしている。それをかぐと、文子は一瞬「オエ」となる。

香料でかぶれたトラウマかしらね。

これらを総合して考えるに、文子の鼻は異物を感知し、忌避するようになっているのだ。三奈江の説に従えば、生き物として正しいあり方なわけで大変めでたい。

それに、今はくさくてイヤーな加齢臭も、やがて変わるはず。

年寄りになればなるほど、汗をかかなくなる（そのために熱が体内にこもって、熱中症で倒れちゃうんだけどね）。だから、汗が関係するいやーな「加齢臭」はしなくなる。晩年の父が漂わせていた古本のようなかびくささがもしかしたら、加齢臭の行き着く果てなのではないか。あの匂いは、好きだった。あれなら、オッケー。

というわけで、鼻を慣れさせるために、お蔵入りさせていた加代子の加齢臭込みブランド服を取り出してみた。

あれ？　匂いが薄くなっている。試着したとき「臭い」と感じたのは、文子の加齢臭とダブルになったせいかも？

それとも、自分の加齢臭で鼻が慣れたのか。あるいは「気にしないことにしよう」と決めたせいで、匂いセンサーが甘くなったか。

しかし、ご同輩。加齢臭は気にしないことにしようと、文子は言いたい。

人が自分の匂いを気にするのは、他人の目を意識したときだ。

オヤジくさいとおじさんを嫌ったのは、若いOLたち。加齢臭を嫌うのは、それを感知する若い世代。

そんな青くさい連中に気を遣う必要、ないでしょ。

「人間くさい」という言葉がある。これはいい意味だ。

加齢臭も「人間くささ」のひとつだ。受け入れましょうよ、みなさん。

身を任せたい医者は白馬に乗った王子様か？

病院の待合室は年寄りの集会所。顔馴染みばかりでおしゃべりの花が咲く。

一人のばあさんが言った。

「そういえば近頃、ワタナベさんを見ないけど、どうなさったのかしら」

すると、別のばあさんが答えた。

「ここ二週間、来てないのよ。どこか、具合が悪いんじゃない？」

これは笑い話の古典。

しかし今や、これが笑えない現実になっている。

かかりつけのクリニックに一人で歩いていって、薬を処方してもらって、お金を払って、ちゃんと家に帰ってくるのは元気な証拠。顔を出さなくなったのは、どこかが悪化して入院しているか、在宅で往診を受ける身になったか、あの世にいってしまったか、そのどれかなのである。

シリアスに受け止めても笑い飛ばしても、事態が変わるわけじゃない。ならば、笑っちゃったほうがいい。

文子はそう思うので、個人的にこの笑い話を永久保存版に決定する。

ともかく、年を取ったら医者通いが習慣になるのは事実なんである。

昔なら「老化」ですまされていたさまざまな機能劣化を、投薬でなんとかしようとする考え方に変わってしまったからね。

そして事実、なんとかなってしまうのだ。悪魔に魂を売れば叶うとされていた禁断の若返り願望が、科学の力でちょっとだけ叶うようになったと言うべきか。

ドーピングで人為的に元気になるのって、どうよ。と若い頃は思っていた文子も、老いと病による苦痛から逃れられるなら「お薬、いただきます」に方針転換した。

かくて毎日服用しているのは、コレステロール値を下げる薬と降圧剤。

周囲を見渡せば、これらの服用はプレばーさんのスタンダードだ。そこに、それぞれの持病用の薬が加わる。

文子は抗アレルギー剤。友人の麻利子は狭心症対応の血管拡張剤。甲状腺機能が低下している友人はホルモン剤。骨粗鬆症が進んでいれば、カルシウムにビタミン剤。

気がつけば、三種類以上の薬が日常に組み込まれ、もはや飲むのをやめられない。

というのも、親の介護を経験したことから、今後自分の身に起きるであろう不具合を予測するからだ。

転んで足腰をいためる。猛暑による脱水症状でぶっ倒れる。風邪がこじれて、肺炎になりかける。

これらの症状は、若い頃なら寝ていれば治った。だから、老親たちはよく、こう言った。

「少し、様子を見る」

その結果、悪化した。

結局は、介護者たる家族が大慌てで病院に担ぎ込む羽目になった。おかげで文子たちプレばーさんは、年寄りの身体には様子を見ている余裕がないと学んだ。

それだけではない。体調の不具合は老いが原因ではなく、何か重篤な病気が進行しているサインかもしれない。

患者の家族であったとき、「様子を見る」と言い張って病院行きを嫌がった老親にイライラしたプレばーさんたちは、医者が精密検査を勧めれば即座に大病院に走る。内視鏡検査。MRI。CT。詳細な血液検査。ときには、カテーテル検査。待ち時間を含めると、ほぼ一日がかり。なかには、入院が必要な検査もある。おかげで、進行中の病気が発見されるときもある。だが、おおむね「年を取ったせいで、こうなりました」な状態が確認されるだけ。

それでも、老化のせいで足りなくなった体内成分を補給する薬が出る。老いは病ではない。それなのに、薬がある。つまりは、老いも病扱いになっているのが現代社会なわけね。

それはどこか、おかしい……と、文子は思う。でも、老いがもたらす不快をできるだけ緩和できるなら、そうしたい。どっちにしろ、老いて死ぬ運命をひっくり返すほどの効力はないんだから。

薬を飲んだところで「元気一杯」「若返った」みたいな効果は感じられない。ただ、寝たきりにならないためのおまじない程度の安心感は得られる。

それほどに老親介護はプレじーさん及びプレばーさんに、老いがもたらす苦痛への恐怖を植え付けたのだ。

友達の麻利子も、「老化による不具合はあきらめるしかない」が基本姿勢のじーさん医者に腹を立て、「医学の力で老化もコントロールできる」といわんばかりのやる気満々ドクターに鞍替えした。

予防に燃えるドクターは頼みもしないのに、今月はレントゲン、来月は胸部エコー、再来月は頸部エコー、その次は腹部エコーと検査しまくる。おかげで、医療費がかさむったら、ない。

常時服用として処方される薬は五種類もある。そのうえ、ちょっと「花粉症が」とか「風邪気味で」「眠れない」と漏らすと、すかさず「薬、出しましょうか」と前のめり。

「それはもう、製薬会社からたんまりもらってる金儲け主義の権化よ」と批判するのは、やはり同世代の友人、垣田いずみ。

「そもそも、おおざっぱな平均値を絶対基準にして、そこからはずれたら不健康と決めつけるのはおかしい」と主張するいずみは、かかりつけの医者を持たない。

そもそも、かかりつけを持つことが薬に縛り付けられる過剰なドーピング生活につながると言うのだ。飲まなくてもいい薬があるはずと、彼女は主張する。

いずみに言わせれば、大病院で診断を受けるのにもかかりつけの紹介状がいるという習慣も、業界の利益確保を図る陰謀だ。

「基準値からはずれてるからって、全部が全部、病気の予兆とは限らないでしょう。体質ってものがあるもの。わたしはデータ上の数字の操作で基準値を決めて、一律に対処されるのがイヤなのよ」

いずみは仕事柄、マーケティング関連のプレゼンテーションに詳しい。それで、数字の解釈は仕掛ける側の思惑でどうにでもなると知った。

「ほら、コップに半分の水があるのを、半分しかないと思うか、まだ半分あると思うかで気の持ちようが違うって言うでしょう」

はいはい。

「ポジティブとネガティブのテキストよね」

文子が答えると、「データなんて、そんなもんなのよ。健康診断を真に受けると、薬漬けになるのがおちよ」と、いずみ。

薬漬けを自覚する文子は自分が責められているようで、うなだれてしまう。

いずみは広告デザイナーとして五十歳まで会社勤めをし、その後はフリーで働いた。文子と同じくシングルだが、二十三歳で結婚し、二年で離婚。「一度で懲りた」そうで、以来、働きながら沖縄に潜りに行くやら、カナダにスキーに行くやら、スポーツ込みのリッチなヴァカンスを習慣とし、片手間に男関係も発展解消を繰り返す、忙しくもパワフルな半生を過ごした。

そこらが同じシングルのワーキングウーマンでも仕事一途だった麻利子と違うところだ。さらには、文子のように仕事には一途にならず、男関係も希薄で、スポーツは苦手だから極力やらない省エネ女とは大違い。

どうやら、人の運とかエネルギー量には生まれついたときから偏りがあるらしい。エネルギッシュな人間は両手に山盛りの用事を抱えずにはいられず、省エネ人間は指先でつまむ程度の作業でも「疲れた」とため息をつくのだ。

しかし還暦を迎えて、体力任せで仕事にスポーツに休みなしで飛び回る生き方を変えることにした。これからは、精神的に生きる所存だそうだ。そのために、超越瞑想をトレーニングするという。

「超越って……」

それを聞いたとき、文子は絶句した。

「アヤしいカルトにはまってると、思ったでしょう」

いずみはニヤニヤしながら、文子を見た。

「だって、ほら、ただの瞑想なら納得だけど、超越がつくと……」

「マントラを唱えて無心になる、ちゃんとしたインド哲学よ。映画監督のデヴィッド・リンチなんか、超越瞑想を学校教育に採り入れさせる運動してるんだから。あの『ツイン・ピークス』や『マルホランド・ドライブ』の、ぶっとんだ監督がよ。あんなの作るからおかしくなって瞑想に救いを求めたのかと思ったら、超越瞑想のおかげで、あの種の映画が撮れたらしいのよ。もう、いくしかないって感じ」だそうだ。

なんだかんだ言いながら、これと決めた獲物にとびかかって、ものにしたいと燃えている。アクティブというか、アグレッシブというか、そんな女だから健康診断を一刀両断するのも不思議はない。

なにしろ、現役バリバリ時代はこの性格でガンガン仕事をこなし、自分が体力があるものだから、他人にも同等の働きを無造作に要求することで「恐怖の女王」と恐れられた。

風邪をひいて三十八度の熱が出ても、頭が痛くならない。腹痛というと、食あたりしか連想しない。誰かが「ストレスで胃が痛い」と訴えても、長い間、単なる言い訳だと思っていた。美容院に行くと、美容師に「肩、すっごく凝ってますねえ」と感心されるが、本人には何の自覚もない。「肩が凝る」という体感がないのだそうだ。

そんな人間がいるのか⁉

子供の頃から肩凝りに悩んできた文子には、そっちのほうが信じがたい。羨ましいと思ったが、凝りや痛みは身体の異常を知らせるサインだけに感じないほうが危険だと思うから、つい「あんたは痛みセンサーが稼働してないんだから、意識的に検査しないと手遅れになるよ」とお節介をする。

本人の身体の代わりに、友達として警告発信係を務めてやろうという思いやりである。

しかし、いずみは感謝しないのだ。

会社勤めをしていた頃は、定期的に健康診断を受けさせ
られていた（と、本人談）。

そこで何かがひっかかって、精密検査を勧められ人間ドックに行ったところ、過去に胃潰瘍を患った跡があると言われた。

「でも、わたしには覚えがないのよ。そりゃ、ストレスでムカついたり、泣いたりはしたよ。でも、寝込むほどじゃなかった。それに跡があるってことは、治ってるわけよね。だ

ったら、問題ないじゃない」

そのとき人間ドックで、体内に不足している成分として鉄剤とマンガンの服用を指導された。

処方されたぶんだけは飲んだが、その後はほったらかし。

「だって、何の変化もなかったんだもの。そりゃ、血液検査とかでデータ取れば、変化はあるでしょうよ。だけど、わたしの体感としては何も変わらない。具合が悪ければ、薬でもなんでも飲むわよ。でも、元気なのよ。数字が基準値より高くても低くても、本人が元気なら、そういう体質ってことでオッケーだとわたしは思う。大体ね、治療法には決定版って、ないのよ。どんな病気でも調べてみたら、診断というか解釈というか、まったく逆の説が必ずあるんだから」と、いずみ。

血圧もコレステロールも高いほうが健康にいいとか、降圧剤の副作用のほうが怖いといった投薬への反論があることは文子も知っている。しかし、父親を死に至らしめた要因が脳梗塞であることを思うと、予防には飲むしかないと心を決めた。結果、数値が低めに安定している今では、飲み忘れると青くなる依存状態だ。

もっともそれは文子の場合で、いずみにはいずみの考え方がある。

「だけど」

それでも、文子は口を出した。

「あなたは痛みセンサーが稼働してないから、わからないだけで」

「そう言うけど」

いずみはすぐに、話の腰を折った。

「どこかの機能に故障があれば、元気ではいられないんじゃない？」

「……いや、だから、気がついたときには手遅れで」

「うちのお母さんが末期癌でもはや手遅れって言われたこと、知ってるでしょ？」

そうだった。


いずみが華麗なスーパーウーマン暮らしをできるのもシングルだからだと、悪口を言う人は少なくない。

けれど、パワフルな人間は用事を引き寄せる宿命らしく、一人っ子のいずみには老親の面倒が一手に降りかかった。

父親が脳卒中で倒れ、予後に認知症を発症したのと、母親が末期癌と診断されたのが、ほぼ同時だったのだ。そのうえ、本人は当時四十六歳で、更年期のホットフラッシュやめまいに見舞われていた。

それまでのいずみは分譲マンションで暮らしていたが、非常事態発生を機に実家に戻った。

そして、父親を預かってくれる施設を探す一方、末期で手の施しようがないと言われた母親を在宅で介護した。

父親は短期で預かってくれる場所を転々とした。母親には民間療法でいいとされる食べ物やサプリメントや身につけるグッズなどを買い込んで、試した。

おかげで更年期の症状はふっとんだが、多忙を極めた。文子は何か手伝おうかと申し出たが、いずみはひとりでなんとかできると断った。

とにかく、そんな生活を三年続け、父親と母親がこれまた相次いで亡くなった。とはいえ、診断時に余命三ヶ月と言われた母親はそこまで生き延びたのだ。

それが、いずみの医者と治療への懐疑をさらに深めた。

そのうえ、母親がらみで癌病棟に通ったおり、「手術の強行が、院内感染を引き起こした」とか「抗がん剤で体力を消耗して、すごく苦しんだ」とか、「奥さんが納得いかなくてセカンドオピニオンを聞きたがったけど、旦那さんが担当医のいいなりで、無理な手術をして術中に死んでしまった」とか、何かと医者への不満を聞かされた。

「家族の逆恨みと言えばそれまでだけど、医者って患部しか見ないようなところがあって、患者や家族の気持ちに無神経になりがちなのよ」

いずみがそう思うようになったのは、母の発症以前のこと。癌の専門医を紹介するガイドブック制作を手がけた経験からだ。

全体のレイアウトを請け負ったので、原稿に目を通し、取材ライターにも話を聞いた。すると、ライターは原稿には書けない内幕を愚痴混じりに打ち明けた。

とにかく、外科医は切りたがり、内科医は抗がん剤を使いたがり、放射線専門医は当てたがる。

自分の技能に自信がある医者ほど、「治療しないという患者さんの選択は尊重します。ですが」と注釈をつける。

「この分野は技術的にも日進月歩ですから、治療の可能性を信じていただきたい」

治したいと思わなければ、重篤な病気の医者などやっていられないだろう。それはわかるが——と、ライターの漏らした言葉にいずみは同感した。

――医療の話をしているときはいいんだけど、人としての態度が、どうもね。先生って呼ばれるのが普通の人って、どうしたって頭が高い。どんなに愛想のいい温厚な人でも、自然に上に立ってる。まあ、患者のほうも治してもらいたいから、卑屈になるんだけどさ。腕のいい名医ならそれでもいいけど、プライドだけで人格が伴ってない医者って、ゴロゴロいるだろ。そういうのに当たったら、悲劇だよ――。

いずみが口伝えしたライターの言葉に、文子もうなずいた。

母が入退院を繰り返した経験から、呪い殺してやりたいほど薄情な医者に何度も遭遇した。

「院長に人間味がないと、勤務医もナースも質が悪い。これ、法則だった」

文子が思い出話をすると、いずみは「でしょう?」と嬉しげに身を乗り出した。

「親が医者だから仕方なく跡を継いだみたいな二代目三代目に、患者なんてただの飯の種としか思わない根性の腐ったのが多いのよ」

「よねえ。わたしはお母さんのおかげで、自分に何かあったら運び込んでほしい病院を少なくともひとつ、みつけたのよ。そうだ、これ、何かに書いておかなきゃ。終活ノート、やっぱり要るかなあ」

ひらめいた文子が呟くと、いずみは「また、そんなのに惑わされて」と一笑に付した。

いずみは、終活も高齢者の財布を狙う業界の陰謀だと笑い飛ばしている。

でもねえ。備えって、必要じゃない？

「倒れたら、病院に担ぎ込まれるのよ。ホームレスだって、ほったらかしにはされない世の中なんだから。だったら、生き残るにしろ死ぬにしろ、自分が運ばれる病院は自分で選んだところにしたいわよ。あそこに入院するくらいなら死んだほうがまし、みたいな病院があるんだからね、この世には」

鼻息荒くたたみ掛けても、いずみはクスクス笑うだけだ。

「だからさ、健康診断もせず、かかりつけの医者もなく、あるときぶっ倒れて救急車で運ばれたときには手遅れでどうしようもないってことになってたら、ひどい病院に当たってもどうってことないじゃない。わたしはもう、いつ死んでもいいもの。このままでいく」

そりゃあね。還暦まで来れば、「もう、いつ死んでもいい」と思えるものなのよ。

生き方の質量としてはいずみの半分くらいしかない文子でさえ、そう思っている。

エネルギーの残量が減っている証拠だろう。何かすれば、すぐ疲れる。どうかすると、何かしようと思うだけでめんどくさくなる始末。

なので、お迎えがいつ来てもいいが、来るなら「ぴんぴんころり」が望みだ。しかし、そう、うまくいくとは思えない。なにより、具合が悪くなって倒れたら、自分の問題だけではすまなくなる。

老親の介護をやりきったいずみだが、本人は天涯孤独だ。そのうえ、文子の手伝いを拒否した例からも知れるように、人の手を借りるのを負い目に感じる完全主義、かつ、健康診断不信が象徴する頑固な性格が災いして、親戚には嫌われているし、友人も少ない。

超越瞑想もいいけど、それで人を頼らずに順調に老いて死んでいけるものなのか？

文子には、いずみが「死」と向き合ってないように思える。

自分が死ぬ運命にあるのを知っているのは、人間だけ。動物や植物は、そんなこと考えずに今を生きている。それは、動物も植物も野垂れ死にできるからだ。人間は、そうはいかない。誰かの世話にならなければ、老いも死も迎えられない。

となると、医者との付き合いは必要不可欠になってくる。

いずみにそれを言いたいが、耳を貸すと思えない。だから友人として、もしものときにできることをしようと、文子が覚悟を決めておこう。これも、終活ノートに書いておくべき？

麻利子は、かの検査大好きドクターのやり方を全面的に支持しているわけではない。だが、麻利子のデータが彼の狙い通りになっているのを見て、「いいですねえ」と得意満面になるのが「可愛い」そうだ。

「そうかそうか、そんなに喜んでいただければ、わたしも満足です、みたいな気持ちになるのよ」

重病を誤診されたのであれば、話は別だ。だが、老化による症状をドーピングでなんとかする程度のことなら、もはや正解を求める必要はないと麻利子は言う。

「わたしは彼を気に入ってるのよね。だから、許してあげる、みたいな心境」

それもいいが、できればもう一歩進めたい。

どうせ頻繁に顔をつきあわせる間柄なら、会うのが楽しみになるような人材であってほしい。

それを言うと、プレばーさんたちの会話は盛り上がる。

「そうなると、顔よね。ポイントは」

「ハンサムでも態度が悪いのはダメよ。やっぱり、優しいのが一番」

「年寄り相手だからって、子供に話すような口調になる医者がいるわよね。あれは、やめてもらいたい」

「あら、わたし、かがみこんで目を見てくれるようなの、好きよ」

「てことは、背が高いわけね」

「年取ったら、こっちが縮むから、一六五センチくらいでも、いいんじゃない？」

さすがプレばーさん、妄想する医者は男限定である。

「わたしは、あんまり若い人はイヤ」

「そうねえ。子供みたいな顔した若造にえらそうに言われたくないし」

「ある程度、ベテランじゃないと安心感がないわよね。なんたって、医者なんだから」

「となると、四十そこそこくらい？」

「うーん、三十後半からで、どうよ」

「いや、やっぱり年齢より性格よ」

「優しくて、可愛くて、腕がいい医者は、白馬に乗った王子様くらい、現実味がないわよ。どこかで妥協しないと」

「わたし、お迎え近くなったら、ヤブでも若くて可愛い医者に診てもらいたい。毎日、手を握ってもらって、ぐーっと顔を接近させて、まだ息してるか確かめられたりして、ときめきながら死ぬって、いいじゃない」

「この人の手にかかるなら死んでもいいって、究極のロマンスよね」

と、こんな結論に落ち着いて、まるで医者の腕が悪いから死ぬみたい。そうじゃなくて、老いて自然に死ぬんですよ。

その老いて死ぬ過程にずっと寄り添うのが、家族と医者。

ならば、腕はいいが性格が悪い医者より、優しくて可愛いヤブ医者に寄り添ってもらいたい。もう、いつ死んでもいいんだから——って、けっこうグッドな境地じゃない？

老化は痛くない！　痛くなる人は、若いときからのツケが回っているのだぞ。

四十女の聡美がため息をついている。

友達のお母さん（七十五歳）が庭の草取りをしていたとき、尻餅をついただけで腰椎を圧迫骨折した。

骨折から寝たきり、そして認知症という最悪のシナリオが脳裏に浮かび、友達は青くなった。母親はとにかく、痛い痛いと泣くばかり。それでも一ヶ月ほどの入院とリハビリで、杖にすがれば自立歩行ができるようになった。というか、病院側が最初から一ヶ月で退院のプログラムを組んでいて、そこに向かって追い立てられたと、友達は感じたそうだ。

ともあれ、寝たきりも認知症も免れたとほっとしたのも束の間。しばらくは何もできないだろうからと、父親と二人暮らしの家に友達が同居するようになったら、すっかり依存された。

退院後もリハビリを続ければ、杖なしでも歩けるようになると医師に指示されたのに、母親は痛いからイヤだとサボる。痛みが軽減されると作ってもらったコルセットは、装着したら締めつけられて苦しいと、すぐにはずしてしまう。けっこう高価だったのに！

リハビリせずコルセットもせずでは、痛みがとれるわけがない。いくら言って聞かせても、わがままな子供と頑固な年寄りのブレンドと化した母親は、ひたすら鎮痛剤に頼る。

ところが、処方を無視して時間をおかずに飲むものだから、薬物性の胃炎を引き起こし、食べては吐くの繰り返しで、すっかりうつ状態に。介護が必要な状態になり、友達は夫に気兼ねしつつ、実家に毎日通って面倒を見る羽目になった。

親の介護はもはや中年過ぎた日本人の標準ライフスタイルだから、文句は言えない。ただ、家庭菜園が趣味でよく働く明るい人だった大好きな母が、人が変わったように手のかかる厄介な存在になったのが悲しくてならない。それも、尻餅をついただけで。それというのも、骨粗鬆症《こつそしょうしょう》が進行していたからだ。

「骨粗鬆症って、怖いわねえ」

聡美は眉間にしわを寄せた。

「わたし、骨折というのは立っているところから転ぶから折れるんだと思ってたのよ。でも草むしりだから、しゃがんだ位置からストンと尻餅ついただけで、圧迫骨折だって。レントゲンで見たら、腰骨の間の軟骨がほとんどなくなってて、長方形の骨と骨がクッションなしで重なってる感じで、しかもつぶれた骨は角張って、とんがった部分が神経に刺さるみたいになって、わー」

自分で話したことで鳥肌を立てた聡美は、両腕をさすった。

「文子姉ちゃん、前から更年期は怖くない、骨粗鬆症は予防できないけど筋トレすれば大丈夫とか言ってるじゃない。でも、彼女のお母さんは菜園いじりが日課で、立ったり座ったり身体を動かしてたわけだから、筋トレは自然にできてたはずでしょ。そのうえ、運動神経抜群でソフトボールの選手だったのよ。さすがに現役じゃないけど、地域イベントで球技系のゲームやるときはいつも活躍してたんだって。それなのに、尻餅で骨折よ」

「あのね、運動神経と機能劣化は関係ないの」

運動神経ゼロの文子は、年をとってから知ったその事実が嬉しくてならない。よって、語りますよ。

「運動神経があるばっかりにプロスポーツ選手になって、大変な故障を抱える人は大勢いるでしょ。筋トレだって、筋肉もりもりになるのは外側の筋肉の過剰強化だから、かえって骨や内臓に負担をかけるって聞いたわよ」

「知ってるわよ。鍛えるべきは、インナーマッスルでしょ」

聡美は唇をとがらせた。

待ってました。思わず知らず、文子はふんぞりかえって微笑んだ。

「知ってるのと実践して体感するのとは、天と地の差があるんだからね」

得意顔ができるのは、三ヶ月前に単調なヨガ教室から鞍替えしたバレエ教室での成果があるからだ。

といっても、アン・ドゥ・トロワとレッスンをして、バレリーナを目指しているわけではない。教室主宰の先生が大人向けに開いた「骨を柔らかく動かすエクササイズ」クラスを受講しているのだ。

一回九十分の三分の二がストレッチに類する体操だが、地味な運動ばかりだと飽きるし、仮にもバレエ教室なのだから、集まってきたおばさん、ばーさんたちを楽しませる工夫として、残りをバレエの真似事で締めくくる。

四十になったばかりの元バレリーナの先生は、スロージョギングも提唱している。

家の中で裸足で、三十分でいいから無駄に力を入れず、ゆっくり走ってごらんなさい。まっすぐ前に出した足で地面を真下に押す感覚で身体を運んでいくと、それだけで骨格の歪みが整ってきます――。

「家の中で」が効いて、文子はちょこっとやってみた。

最初の三分ほどは、どうやって着地すればいいかさえわからず、爪先からついてみたり、かかとから下りてみたり、迷いながらドタバタした。その衝撃が膝や足首に伝わってしんどかったが、不思議や、続けているとどんどん脚全体が軽くなる。脚の付け根のあたりで、タービンが回転している感じだ。それで、勝手に脚が前へ前へと動いていく。

そうなると、血流がよくなり、身体全体の風通しがよくなるような気持ちよさが湧いてきて、走りながら思わず「何、これ。クフフ」と笑ってしまった。

二十五分くらいでくるぶしまわりが痛くなったので足を止めたら、タービンの回転がまだ続いていて、つんのめりそうになった。なるほど、トレーニング後はクールダウンを必ずせよと言われるのは、こういうわけか。PCだって、終了させるには手順を踏むものね。

このような体感を得たのが生まれて初めてなので、文子は感動した。

昔から運動音痴で、できないから嫌い、やらないで通してきた。

だが、苦手だったのは要するに、漫画ばっかり読んでゴロゴロして外遊びをまったくしない子供だったから、筋肉が鍛えられず、そのせいで運動能力が未開発だったせいなのだ。

実際、走る気のない人生を送ったものだから、走り方を知らない。何も百メートルを十秒台でとか、フルマラソンを二時間でとか、そんなとんでもない走力を求められてはいない、ただ単純に走るという行為そのものが、「着地って、どうやるの？」みたいな基礎の基礎がわからないところまで、堕落していたのだ！

だけど、走るって気持ちいい！

いや、これはもう、還暦過ぎて身をもって知った衝撃の事実でしたよ。

ものすごく嬉しかったが、くるぶしまわりの痛みが半端ない。湿布を貼ったら楽になったが、ただちょっと走ってみました程度で痛むなんて、使えないにもほどがある！

文子は口惜しくてたまらなくなり、ランニングについてネットで調べて勉強する一方、湿布を貼りつつ、室内ランを続けた。

教室で習った骨を動かすストレッチとの組み合わせを就寝前にこなして、はや、三ヶ月。

目覚ましかったのは、運動後に凝りがほぐれることだ。

文子の場合、一番効いたのは前屈運動だ。

座骨を天に向けて上半身を前屈させると、腰椎から頸椎まで重力で下に引っ張られるから、骨の詰まりがとれる。つまりは、頭の重みを支えていた首、そして上半身の重みに耐えていた腰の凝りがほぐれるわけ。

もうひとつのメリット、というより、ここが肝心の大事な発見は、土踏まずのアーチに重心を置くと足元が安定することだ。

重心は、足の親指と小指とかかとの三点に置く。つまり、土踏まずの三角形の上辺二角と底辺一角の三点。そこを身体の重さで自然に下に押すと、「地に足がつく」状態になる。そして、土踏まずの上に体重をのせると、自然に腹筋が入って骨盤から腰椎、胸椎、そして頸椎がS字カーブを描きながら上に向かって積み上がっていく。

これぞ、二足歩行すべく進化した人体の基本デザイン。そこに立ち返るわけですね。外反母趾がいけないのは、土踏まずに重心が置けなくなってくるから。つまりは、転倒しやすい。骨折から寝たきり、そして認知症リスクが満載ですよ、みなさま。足が痛むだけの問題じゃないんだからね。

原始、人間は生きるために日常的に走った。野生動物と同じだ。そうやって動くことで心臓の拍動が促され、血流がよくなり、もって消化器官など他の内臓の働きがよくなる。

動いて、食べて、疲れて、眠る。この繰り返し。それでこそ、脳から爪先まで身体が連動して活気づく。そのようにできているのだ。

それなのに、自分の身体をうまく使えてなかった。そのことに、還暦過ぎるまで気付かなかった。なんて、もったいない！

でも、間に合ったわよ！

なので、最近の文子は何かというと「骨を動かすと、身体が喜ぶ」論を、かくのごとく滔々と語ってしまうのだが、なぜか、誰も聞いてくれないのよね。

やる気がない人には、馬の耳に念仏。みんな、首筋の凝り、肩凝り、腰痛、最近じゃ眼精疲労なんかに悩んでるくせに、湿布薬とかマッサージとか電磁治療器とか、自分で身体を動かすのとは真逆の方向に走るのはなぜ？

思い至ります。文子もそうなのだった。若い頃（更年期前までを指します）は忙しかった。地味な基礎運動に取り組むのは、求道者のような運動好きのみ。やって楽しく見た目もカッコいいスポーツを楽しむ人は多いが、それだって鍛えるのはテクニック方面ばっかで、骨のことなんか骨折したって考えない。

文子とて、骨を守るのは筋肉だから筋トレしようと、ついこの間まで大威張りで触れ回っていた口だ。

だから、骨について勇躍語ろうとしても、聡美は聞いてない。

「そう言うけどさ、テレビコマーシャルで盛んに出てくる、膝が痛くて階段が上れないとか、腰が痛くて椅子から立ち上がるのも一苦労みたいな年寄り見ると、ああ、こうなるのかって不安になるわよ。関節を動かすナントカは、加齢でなくなるものだって言うじゃない。緩衝剤や潤滑油的なものがなくなって、骨と骨がこすれるところ想像するだけで、痛いわあ」

「あのね」

文子は上から押さえつけるように言ってやった。

「確かに、人間の身体は年と共に消えてなくなるものだらけよ。けどね、なければないなりになんとかするのも人体なの。ヘルニアは出っ張った背骨が神経をチクチクするから痛いんだけど、あれって、しばらく我慢してたら、神経のほうが出っ張りを回避するルートを作るんだってよ。だから、ヘルニアは手術しなくても痛くなくなるのが普通。手術する人は、早く直す必要があるからよ。スポーツ選手とか超忙しいビジネスマンとか、時間をかけるのが嫌いなせっかち人間とかね。けど、そういう人って再発率高いと思うな。自然治癒を待てない、早く外科的にナントカしたいってジリジリする生き方とか性格が、身体を痛める一番の元だからよ」

腰が痛いと訴える人は、若い頃から痛かったはずだ。腰を痛くするような生活をしているからだ。だが、若い頃は無理がきく。だから、ついつい、甘く見る。

年をとって回復力が衰えたとき、長年の無理のツケが回る。

「基本的に、膝とか腰とかに問題が発生する原因は、肥満よ。相撲取りは運動神経のかたまりだけど、みんな、膝をやられて引退よ」

「あー、それは。ちょっと待って」

聡美はスマホを操作した。すぐに、友達から返信が来た。

「うーん、やっぱりお母さんは太り気味だったって。でも、鎮痛剤飲み過ぎで食べられなくなって、七キロ痩せたって。で、今、五十キロ」

「年と身長合わせて考えたら、ちょうどいいくらいじゃないかな」

「そうねえ……」

体重に関しては触れてほしくないであろう聡美は、言葉を濁した。

肥満大敵。わかっているのに、人は太ってしまうのだ。借金とデブは、首が回らなくなるまで続いてしまうのだ……。

「ねえ、わたし、大変なのよ」と、同い年の素子から電話がかかってきたのは、ついこの間のことだ。

「網膜剝離したのよ！　それでレーザー手術したんだけど、白内障が進んでるからそっちの手術も考えたほうがいいんだって」

息せききって言う。あー、やれやれ。病気自慢はこの女の趣味なのである。

「あのね。レーザーでつぶせる程度なら剝離の前段階で、網膜裂孔って言うの」

文子は網膜裂孔の経験者である。それに、老化に関して勉強中だから、白内障は白髪と同じで年を取ったら誰にでも出ると心得ている。ここは是非とも、語りたい。で、「それはわたしも」と口を切ったが、素子は聞きゃあしない。

「だって、網膜剝離だって、先生が言ったもの！」

「だから、ほっといたら網膜剝離しますよってことで」

「わたしのは、もう剝離してたの！」

はいはい。

この女はどんな現実も、自分が見たいこと聞きたいことにねじ曲げるのだ。そして、お披露目する。

高校時代から変わらない騒々しさで、旧友はもはや、さじを投げている。

ともあれ、続いて素子が言う「それだけじゃない。朝方、手の指がこわばるのよ。リウマチかしら。腰も痛いし、膝なんか、もう、二回も水抜いたのよ。もしかしたら、不治の病かしら。軟骨とか靭帯とかが、どうにかなる病気で。脚に静脈瘤があるみたいで、歩くとすぐに痛くなるの。それで、無理しながら歩くからだと思うけど、この間お買い物の帰りに、雨が降ってたものだから、足が滑っちゃってね。両手に買い物袋持ってたから、もう、大変よ！　なんとか転ばずにすんだけど、どうも捻挫したみたいなの。それで、一歩も歩けなくなったから、旦那に迎えに来てって電話したのよ。そしたら来たけど、すっごいムクレてるの。両手がふさがるほど買い物して、そのせいで捻挫して迎えに来させるバカがいるかって。ひどいと思わない？　わたし、情けなくて泣いたわよ。それからこっち、口きいてないのよ。これ、精神的虐待にあたると思わない？　離婚訴訟申し立てして、慰謝料請求する理由になると思わない？」には、どうしても突っ込みを入れたい（あー、それにしても長広舌！）。

「あのね、指のこわばりは老化現象。リウマチなら、朝だけじゃなく、ずっと痛い。日中はなんの支障もなく動くんだから、騒ぐようなことじゃない。わたしだって、起き抜けは膝が痛かったりするけど、動いてるうちに治るわよ。動かしてナンボなのよ、人体は。今回の捻挫だってねえ。原因は」

あんたがデブだからよ！

素子は身長一五七センチで、体重六十五キロである。着ている服はLサイズ。どうかするとXLのはずだ。それなのに本人にその認識がなく、どういうわけか、Mサイズの文子に着なくなった服のお下げわたしをはかろうとする。有名ブランドだから、文子が泣いて喜ぶと思うらしい。

文子がブランド不感症であることを知らないのだ。素子にとってブランドはステータスシンボルであり、すべての女はブランド品に憧れる（自分のように）と信じて疑わないのである。

だから、ブランド品ならサイズが合わないくらい、屁でもない。小さくて着られないならまだしも、大きいのである。工夫次第でなんとでもなるでしょう。ありがたく、いただきなさい！

というわけだ。

それはともかく、「あんたが訴える症状の数々は病気ではない。あんたの現実認識の甘さが生んだ、身から出た錆である。足腰膝が痛いのも、ちょっとバランス崩しただけで捻挫するのも、デブだからだ！　その体重をなんとかしろ！」と言ってやりたくてたまらない。

しかし、いくらなんでも、ベタに「デブ」呼ばわりはできない心の優しい文子は、「原因は体重にあるんだから、なんとかしなきゃ」と、軟着陸を決めた。

無論、そんな気遣いは余計、無自覚デブを増長させるだけだ。

「太り気味なのは、甲状腺機能低下症の薬の副作用だから、仕方ないのよ。飲まなきゃ、倒れるんだから」

素子の声は、さも病弱そうに哀調を帯びる。

この言い訳は、二十年前から聞いている。素子の甲状腺機能低下症は体質から来る持病で、疲れやすいのはそのせいだ……とは、本人談だが、どこまで本当なのか、文子は疑っている。

この女には、人の話を聞く耳がない。他人というのは、彼女の話を聞くために存在するのであって、その逆はあり得ないのである。相手が医者なら、なおさらだ。「副作用でむくみが出る場合もありますよ」程度を、「副作用で太りますが、食事制限をすると体力がなくなるので、ダイエットはしてはいけません」にまでデフォルメするのが、素子の妄想頭なのである。

こんな女でも亭主がいるのだ。しかも、離婚していない。要は、罪のない甘ったれ「構ってちゃん」に過ぎないからだろう。

素子は身体の不具合を、「年のせい」だと認めない。老化を認めたくないからだ。だから、あちこちが痛いのは、病気にかかったからだと思い込む。病気だから、薬で治す。でも、持病になってるから、もう仕方ないの。弱いところだらけなんだから、わたしのこと、かばってね……というわけだ。

そんな甘ったれですんでいるうちは、いい。だけど、そうやって現実から目をそらしていたら、還暦過ぎたのだもの。ツケを支払う日は目の前だ。鬼の借金取りが、やってくる。ごまかしようのない、薬でも気休めにしかならない、骨粗鬆症の痛みとなって。

ほぼ寝たきりになった文子の母が訴えた痛みは、骨粗鬆症がもたらすものだった。

動かないから、骨粗鬆症は進む一方。着替えを終えて、ベッドに寝かせる際に少し衝撃があっただけで、骨盤に亀裂が走る。骨盤は身体の中心だから、動かなくても痛い。可哀想だったが、どうしようもない。

母を見る限り、骨折以外に痛みの訴えはなかった。つまり、骨粗鬆症の進行防止に心すれば、経年劣化の痛みも心配するほどのことはないってわけさ。

文子は、そう思っている。

で、進行防止には体幹、すなわち骨を柔軟に動かす。その動きを体感できるよう、自分の身体とのアクセスをよくする。これ、目標なんだけど、問題は続けることよね。口ばっかりの人にならないよう、気をつけなくちゃ。

大丈夫だと思うけど。だって、三ヶ月で骨盤まわり（つまり下っ腹ですよ、奥さん！）のぜい肉が筋肉に置き換わりつつあるんだもの。

腹筋座椅子やらストレッチボールやら買い込んで、嫌いな腹筋運動に取り組んでいたときは痛いばっかりで成果が出なかった（だから、やめちゃった）のに、室内ランニングと骨エクササイズでスッキリしてきたのよ。

腹筋ができるとウエストが、そしてそして、足首鍛えるとアキレス腱まわりがシュッとくびれてくるのだよ。

ぜい肉に覆われることなく、アキレス腱がそそり立つアスリートの足首が文子の憧れでしたのよ。あれこそ、カモシカのような脚なわけでね。

ばーさんになってからカモシカのような脚の持ち主になれるなんて、若い頃には想像もできなかった（って、まだなってないけど、とにかく！）。

椎間板ヘルニアが起きれば、神経が出っ張りを迂回するルートを作るという例が示すように、人体とはもともと、すごいポテンシャルを持っているのだ。

脳は事故などで損傷すると、他の部位がそれを補うように働くというではないか。

その逆に、五体満足でもちゃんと動かさなければ、機能がオフ状態で、そのまま錆びついて、宝の持ち腐れに……。

その一方、年寄りは気温の変化を感知できず、熱中症になったり、寒さで肺炎を起こしても発熱に気付かず、手遅れで死ぬリスクが高いという。

それは一面、痛みや苦しさを感じなくなっているということで、つまりは苦痛からの解放ではないか？

痛みも苦しみもなく、穏やかに死を迎える。それが自然の摂理の恵み。

そう思うとますます、老いには痛みはないと思える。

おっと、違う。痛くないのは、いわゆる健康寿命の間のこと。

二〇一四年、日本人男性の平均寿命も八十歳に達したそうだ。女性は八十七歳。けれど、健康寿命はそれぞれ、そこから十年、下になる。つまり、十年は痛みにつきまとわれる要介護状態で生きる計算。

もし、分岐点らしき七十歳の誕生日に神様が現れて、要介護で生き延びる十年とピンピンコロリで生きる三年と、どっちか選べるよと言ってくれたら、文子はピンピンコロリの三年を選ぶ。みんな、そうだろう。だって、七十歳まで生きれば、もう十分だし。

でも、そんな都合のいい話はない。生まれるときと死ぬときは、選べないのだ。

けれど、老い方は選べる。選べるはずよ。そう思わない？

しまった！　プレばーさんはまだ、ばーさんではないのだ！

還暦だ還暦だと騒いでいた東西文子、時は流れて、あっという間に還暦プラス1になってしまいました。光陰矢のごとし。

さて、ばーさんへの入り口である還暦にあたり、文子は「こんなはずではなかった」「こんな風になりたくなかった」と老化を嘆くことなく、粛々と受け入れ、なろうことなら「美しく」、少なくとも「いい感じのばーさん」に進化（深化というべきか）しようと志を立てた。

そして、この一年、わが身の老化を考察し、検討し、対処法を考えてきた。

老化現象は、しわ、たるみ、薄毛、白髪に代表される外見の劣化と、老眼をはじめとする生体機能衰退に大別される。そのうち、機能衰退に関しては、わりに簡単に答えが出た。

服薬と運動でさらなる劣化を多少なりとも引き留め、できる限り、ゆっくり老いていく。そうすれば、身体の衰えに気持ちがついていき、「こんなことになるなんて情けない」的ネガティブ思考にハマらないはず。

なのだが、服薬はともかく、医者から「一日一万歩」と指示された運動量は、買い物に徒歩で出かけるだけの現状ではまったく足りない。てことで週に一度のバレエ教室プラス夜の室内スローランニング三十分を習慣とした。いずれはマラソンに挑戦。しかしその前にお外ジョギングデビュー。どんどん距離を伸ばしていくわよ！　と決意した。したから多分そうなる、と思う。

てことで、もうひとつの外見劣化にいかに対処するかだが、こっちには力が入った。細かく細かく、あれこれと考えた。

本当は、機能衰退に備えるほうが正しいのだよ。見かけより中身が大事。グッドな見かけも、健やかな中身あってこそ。

わかっちゃいるけど、見た目をどうするか考えると止まらなくなる。女ですもの。オホホ。

では、行きます。

「いい感じのばーさん」たる外見を、どう構築するか？

これには、電車で強引に文子に席を譲った金髪ババアや、ご近所一のど派手ばーさんマダム澤野を反面教師に、「若作りはすまじ」をマイ・ルールとした。

言っておくが、マイ・ルールですからね。個人の指向です。悪しからず。

手術による強制しわ取り、白髪頭を黒や茶色や金色や紫で染め尽くすなどの過剰な老け隠しは、その不自然さがかえって「老化」を際立たせる。それが、文子の考えだ。

ことに、メイクのときは至近距離の鏡で細部に注目するから、つい、しわが埋没するまで塗り固めて、結果的に塗り壁ババア化してしまう。

近くで見るとしわが気になる素顔のほうが遠目には年齢不詳になる事実に、みなさん、気付いてますか？

塗り壁ババアは百メートル先からでも目立つけれど、素顔のしわは遠目からは見えないのです！

なので、UVカットの下地にブラシでパウダーをささっと載せ（スポンジでべた塗りするとファンデが凸凹に入り込んで、塗りむらができるよ）、スポット的にコンシーラーを使ってシミを隠すくらいの薄化粧でオッケー。

これに関しては、文子が自ら実証済み。みなさまもどうぞ、お試しください。

「いい感じのばーさん」とは、しわがあってもトータルでパッと見たとき、かっこいい人のことだ。文子がイメージするのは、イギリス人女優のヴァネッサ・レッドグレーヴ。元々の顔立ちがきれいな方なんですがね。しわは深い。髪、真っ白。総白髪というよりプラチナヘア。とても美しいので、素敵なばーさん役で世界中から引っ張りだこ。ということは、グローバルな「憧れのばーさん」像なのだ。

だから、文子も本当は髪を染めたくない。でも、憧れのプラチナヘアに至るまでの中途半端な白髪混じり期がけっこう長くて、困りものなのよね。

文子は白髪率が一割くらいのときから、染め始めた。こうして習慣になったら、染めずにはいられなくなった。でもって、機械的に染めているうちに白髪率の増加に鈍感になり、あらためて検分すると、なんと、還暦からの一年で半分以上白髪になっていた。今のところ、文子的にもっとも老化が進行した部分といえる。

そういえば、「染めると髪が細くなって、薄毛が進行する」と信じる麻利子は白髪まじりのショートヘアだ。

美容師は「昔と違って、今の染料はヘアケア成分が入ってますから、かえって丈夫になります」とプッシュするが、麻利子は白髪まじりが気に入っているし、よく似合っている。白髪率はちらほら程度。でも、「下の方は多いよ」と、かきあげて見せてくれた。つまり、髪の量が多いのだ。これは大きいですよ。髪がたっぷりあれば、スタイリングで白髪混じりのごま塩でもかっこよく作れる。

白髪率五割超のうえに髪が細く、全体量としては頼りなくなった文子には、すぐさま真似ができない。貧相なごま塩頭をさらす勇気が、まだありません。気持ちがついていかない。

ただ、コンプリート染色はしたくないので、自然素材のヘナで自宅染めする。そうすると、白髪部分と黒髪部分で染め上がりに差が出て、その不規則グラデーションがそれとなく、ばーさん途上を示している……と、自分を納得させているのだよ。我ながら、思い切りが悪い。

本音では、白髪混じりオープンでいきたい。染めるの、めんどくさいんだもん。美容院で染めるのは、お金かかるから論外だし。

お出かけ前にちょちょっと白髪に塗りつけるものや、十分間だけ全体に塗りつけるだけで染まるトリートメントタイプとか、お手軽ヘアカラー剤がどんどん出ているのは、「白髪染め、めんどくさい！」と叫ぶばーさん、プレばーさんの声が燎原の火のように広がっているからに違いない。

そういえば、普通のばーさんはほとんど髪を染めているが、おじさん、プレじーさん、真性じーさんはむしろ染めてないのがスタンダードだ。

ハゲは隠すが、白髪はオープン。どうやら、白髪化する頭はハゲないという都市伝説があるらしい。頭頂部からハゲて、残った髪が白いじーさんはざらにいる。しかし、それは真性じーさんの場合で、おじさんの段階で白髪化する人はハゲずにすむとおおいに安心して、颯爽と白髪頭をさらして歩くようだ。

白髪のおじさんやプレじーさんはカッコいい。あれは羨ましい。女のほうが白髪隠しに走りがち。髪は女の生命だから？

だが、文子が目指す「いい感じのばーさん」は、ばーさんらしさを否定しないのが肝だ。ゆえに、レット・イット・ビーの白髪頭オープンであるべき。

ちょっとずつ白髪染めの手を抜いて、白髪混じりに自分を慣れさせ、やがてレット・イット・ビー頭に軟着陸させる方向で進もうか。どうせ、根がぐーたらの文子がめんどくささに負けて、「やーめた」と投げ出す日は遠くない。

あのですね。全体として考えた場合、ばばくささはどこに顕著に表れるかというと、姿勢と体型です。

ヴァネッサ・レッドグレーヴは姿勢がいい。彼女だけではない。街をゆくおしゃれなばーさんは総じて、姿勢がよい。そして、無駄に太ってない。

肥満は美しくないだけではなく、(しつこいようだが)骨や関節を歪ませ、弱らせ、もって丸い背中、前に落ちた首、はなはだしいO脚、伸びきらない膝という、プロポーションの劣化及び痛みをもたらす。

こうなったら、何を着ても似合わない。逆に、姿勢がよければ何を着てもそこそこイケるものですよ、ご同輩。整骨とストレッチと適正体重の維持に励みましょうぞ。

ということで、姿勢のよさを大前提にしたうえで、どんな装いをしたいか考えた。

生来、ファッションに情熱を燃やすほうではなかった文子(ケチなので)だが、「いい感じのばーさん」になるには、おしゃれ心が欠かせないと思っている。

若さはそれ自体が最高の装いだ。だから、Tシャツにジーンズで十分だった。だが、おしゃれではないばーさんは、単なるばーさんでしかない。「いい感じのばーさん」ではないのだ。「年寄りほど身ぎれいにすべき」と、昔から言われているのは真実だ。

ところが、モード系想像力の修業が足りない文子は、おしゃれなばーさんの装いを具体的にイメージできない。

わかっているのは若作りと、ただいま現在の七十代以降に普及しているシニア仕様のスタイリング――肩パッド付きポリエステルの柄物でお尻が隠れる長さのプルオーバーにウエスト総ゴムのパンツ。4Eサイズで、大きなジッパーかマジックテープがついているスリッポン。夏の日射しと冬の寒風から頭を守る帽子に、ナイロンバッグの斜めがけ。これら楽な着心地に特化した「ゆったり」作りが、「もっさり」「野暮ったい」を特徴づける――は、やりたくないということだけだ。

そこで、おしゃれマスターの登場だ。

文子より五歳年下の夏美は、美大でモードの勉強をした本格派だ。ヴィヴィアン・ウエストウッドやジャン・ポール・ゴルチエが好きだが、「デザインが突出しているものを着こなす自信がない」なるハイレベルの美意識から、本人はオーソドックスなスタイルを貫いている。

その美意識から、「人は年齢によって変わるのだから似合うものも違ってくるのが当然だし、違っていなければ面白くない」と言う夏美は、アンチ若作りを主張したい文子には格好の相談相手だ。

さて、夏美が「わたしだったら」と前置きして持ち出した一番のポイントは、「品があること」だった。

おー、それだ！　文子は膝を打った。

ただ古いのではなく、クラシカル。時代遅れではなく、王道。役立たずながらくたではなく、時代色に価値がある骨董品。そのように、年齢がそのまま、あたりを払う品位を醸し出す源になっていてほしいのだよ。若作りがイヤなのは、品がないからだ。けれど、品のいいデザインとなると、高級ブランドになってしまう（文子のモード観はそこ止まり）。

翻って、文子のワードローブはカジュアル一辺倒、はっきり言うとファストファッションばっかなのである。つまりは、上品なばーさんになるために高級ブランドに切り替えなきゃいけないのか。でも、高いのはイヤよ。

しょんぼりしたら、夏美がいろいろと教えてくれた。

ブランドもので固めなくても、オーソドックスなデザインの上下に、明るい色や模様入りのインと小物でスパイスを効かせればいい。加えて、大ぶりのアクセサリー。

ビーズやコットンパールでアクセサリーを自作する夏美が言うには、粒の大きなネックレスや指輪は若い女よりばーさんのほうが似合うのだそうだ。

存在感のあるアクセサリーに勝てるのは、ばーさんの貫禄だけ。若いと、アクセサリーのほうが目立ってしまうというのだ。なるほどね。

よっしゃ、それでいこう。ホクホクしていたら、「人生の終盤戦にきてまで、そこまで保守的なのって、どうよ」と、同世代から突っ込みが入った。アグレッシブ女のいずみである。

「大体、文子は昔から当たりさわりのない格好しかしてないじゃない。もう、人目なんか気にしないぞと大胆になれるのが、人生の終わりが見える年頃のよさなのよ。思いっきり、遊びなさいよ」

いや、だからね。何を着たいか考えて、こうありたいヴィジョンを見つけて、それに沿うのは、長く付き合ってきた「自分」という個性の総仕上げなのよ。誰がなんと言おうと、わたしは保守的なスタイリングで「上品なばーさん」になりたいのだ。ほっといてちょうだい。

見得を切ったのはいいが、六十歳からの一日一日が過ぎるうち、「ああはならない」と決めたはずのゆったりもっさりルックが、「ああなるしかない」理由がわかってきた。

ゆったりもっさりの元凶であるウエスト総ゴム。

あれをなしにすると、ウエストはホックとジッパーできっちり締め上げられる。単純に、苦しい。ことに、満腹の満足感が苦痛に変わるのが、なんとも口惜しい。そのうえ皮膚の弾力がないから、締め上げたウエストまわりがかゆくなる。乾燥しきった老化肌は、刺激をすべてかゆみに変換するのですよ。

なので、ウエストをゆるく取り巻く総ゴムにする。あー、楽。楽なゴムはさらにどこまでもゆるんでウエストからずり落ちるが、骨盤にひっかかって止まる。なので、脱げ落ちることはない。心配なし。

そのかわり、ウエストからヒップにかけてのラインがもたつく。その実情を隠すため、トップはお尻まで隠れる長さで、しかも裾広がり。丸洗いできてしわにならないポリエステルで、汚れが目立たない柄物がありがたい。ばーさんはけっこう、食べこぼししちゃうから（よくムセるのよ）。

トップの肩パッドは、ショルダーバッグやリュックのストラップを身体に引き留めておくための装置である。

ばーさんになると、ハンドバッグが使いづらい。握力が驚くほど減少するからだ。普通に持っていても、ちょっと押されただけで取り落としてしまう。ひったくられたら、一発だ。引っ張られた拍子に転んでケガをする二次被害も怖い。従って、ずり落ちにくいショルダーの斜め掛けやリュックにするしかない。

握力だけではない。指先で何かをつまむ動作ができなくなる。着るものでいえば、シャツやブラウスのボタンに苦労する。ちっちゃすぎる、あるいは薄すぎて、つまめないのだよ。力が落ちている上に、皮膚が乾燥してるからね。

めでたくボタンをつまめても、ボタン穴にくぐらせるのが難しい。なんでかわからないけど、スルッとくぐらないのだ。

だから、かぶるだけで着られるプルオーバーが一番。

靴だって、そうだ。

甲をしっかり覆って、足と靴が連動するスリッポンでないと、歩行の助けにならない。ところが、スリッポンだと脱ぎ履きに一手間かかる。だから、ジッパーかマジックテープで、甲部分を全開させる仕様になっていてほしい。それも、ばーさんの手でつかみやすいように大きめでないとね。ジッパーのつまみが小さいと、見えないわつまめないわで、用をなさなくなるのだよ。

これらを総合すると、いかにオーソドックスなデザインに一工夫して上品なおしゃればーさんを志しても、全体として「もっさり」にならざるを得ないのだ。ああ、無情。

しかし、ここへ来て、デザイン性が飛躍的にアップしそうな雰囲気がある。団塊女がどっと、ばーさんになったからだ。

ジーパン、ミニスカートに代表されるファッション革命を起こした世代だ。着るもののテイストも当然、前の世代とは違う。そのうえ、人数が多い。この一大マーケットを狙わずして、なるものか。というわけで、ポストインされる「六十代からのおしゃれはウチで」的カタログは増える一方。

それを見ると、ジーンズはストレッチがきいているうえに、脚を長く見せる工夫がされている。トップもぺろんとしたダサいAラインではなく、ウエストを絞ってある。

これなら抵抗なく着られる。

男より長生きなうえに数が多いばーさんだらけの日本だから、昭和の頃よりばーさんファッションも進化するに違いない。

文子が思い悩まなくても、市場が先に活性化するはずだから、安心してばーさんになろう。そして、おしゃれするんだ。

そう思うだけで、先行きが楽しみになる。

恋をしたら、女はきれいになる、だから、いくつになっても恋をしなさい、と、人は言う。婦人雑誌なんかも、その線であおりますよねえ。

でも、恋なんかしなくても、人は美しくなるのだよ。

身ぎれいにするのを放棄した人は年齢性別に関わりなく、自分を嫌っている。自分を嫌う人間は、他人も嫌いだ。従って、不幸だ。

あわよくば自他共に認める「カッコいいばーさん」に、それが無理でも、自分が好きになれる「ばーさんの自分」になりたい。それなら、楽しみながら老いていけるはず。

これがプレばーさん文子の所信表明であります。

よし。還暦プラス1にして、老化への心の準備から具体的対処法決定まで進んだぞ。

順調。

とほくそ笑んだ文子に、四十女の聡美が攻撃をかけた。

「もう、文子姉ちゃんたちったら、またしても勝ち逃げするのね」ときたもんだ。

「何よ、それ」

「あ、知らないんだ。年金を六十五歳まで支払わせるって、政府が決めたらしいのよ。それが現実となるのは、わたしらの世代からでしょ。もう六十になっちゃった世代は、仕方ないってお目こぼしよ。口惜しいわねえ。年金払うばっかりで、もらえないのよ、わたしたち」

えっと、まあ、そのようなニュースがあったことは知ってます。まさか、年金支払いがようやく終わってホッとしたわたしらに、「あと五年分、追加で払いなさい」なんて言わないよね。あー、よかった。と聞き流した。

それはそれとして、還暦プラス１の身となって、あらためて思い知ったのが現行の制度上、六十五歳になるまでは高齢者として認められないということだ。交通機関のシニア割引も、六十五歳から。

つまり、六十五歳になるまでは若い者と同等の扱いしか受けられないわけよ。

えー、そんな。ひどい！

だって、六十歳だって、生きるの大変なんだよ。

身体の内も外も乾ききって難儀だし、コレステロールは高いし、物忘れは普通で「あ、あれをしなきゃ」と思いついても、他のことにちょっとでも気を取られたら、完全に忘れる。何か話したいことがあって始めたおしゃべりも、自分で仕掛けた前振りが終わる頃には「あれ？　なんだっけ」になるのよ。「イヤだ、ひょっとして認知症？」と怯えるのもつかの間。これが日常となると慣れっこになって、平気で忘れっぱなし。

だって、本当に困るのは記憶力の減退より、動作力の衰退なんだもの。

瓶の蓋もペットボトルの蓋も開けられないし、缶のプルトップも携帯電話の充電用のポッチも引き上げられないし、財布の中で重なっているお札を一枚引き抜くのにも一苦労してるんだよ。お札だけじゃない。ごちゃまぜになっている硬貨の中から、百円と五十円と十円と一円を必要なだけ取り出すのも、ささっといかない。一発でつまめないんだから！　だから、支払窓口でモタモタしてると、若い連中に舌打ちや嫌みったらしいため息でいじめられて、心で泣いてるんだから。

それだけじゃない。近頃は何をするにも山のように書類があって、署名しなきゃいけないのだが記入欄が狭いのよ。こちとら、小さい字は書けないんだよ。老眼だし、指先が弱いからボールペンしっかり握れないんだもの。

何かと反応が鈍くなってるから、銀行だの通信業者だのカード会社だのからの電話勧誘で怒濤のようにしゃべり倒されると、やられっ放し。何か言おうと口を開けた拍子に、なぜか自分の唾液が気道に吸い込まれて咳き込むのよ。で、相手に「大丈夫ですか?」なんて言われると、「ゲホゲホ、だ、大丈夫」と会話を続けてしまうのよ。相手の思うつぼ。

育ちがいいから、ガチャ切りなんて失礼なこと、できないんだってば。

なんだかんだで、ネット社会には参加してるけど、情報が漏洩するからパスワードは頻繁に変えろだなんて、髪を染めるのも面倒だからやめたいプレばーさんに言わないでよ。

そうなのだった。

プレばーさんを自認したときから、文子は「ばーさん」気分の先取りに走るあまり、心が先に楽隠居していたのだ。

ところが、公的には六十五歳までは「ばーさん」と認めてもらえない。

そこにさらなる追い打ち。

ニシノベーカリーの奥さんが、おずおずと「申し訳ないけど、パートを引退してもらえないかしら」と切り出した!

実は、出戻り聡美が加わった時点で勤務時間が半減した。従って、収入も八万円から四万円になったのだが、文子は甘んじて受けたのだ。

家賃収入は八割がローンに消える。六十になって、厚生年金が入ってくるようになったが一年で十万円そこそこだ。それでも、可処分所得が月に七万円はある。だから、半減してもパート収入があるのはありがたかった。

国民年金が満額で下りる六十五歳まで、今のままでやっていけると踏んでいたのに、これから丸々五年、生活の不安と鬼ごっこの現役社会人暮らしをしなきゃ、いけないのか。

現役はイヤだ。早く、楽隠居したい！

お楽しみはこれからだ。人生をきれいに生き尽せるか、勝負のばーさんタイム。

還暦を機に老化現象の数々を考え、検討し、結果「気にしない」方向でやり過ごせば、あとは楽隠居のハッピーライフが送れると見積もった東西文子。

これで安心と気を抜いた途端、「そうはさせじ」と内なるネガティブ予想屋がすり寄ってきた。

耳に流し込むのは毎度お馴染み、「お金の不安」である。

年金満額支給は六十五歳から。ならば、六十五になるまでじっと我慢していればいいかというと、そうではない。元々たいした額ではないうえに、支払額は予定通りではない可能性がありますと、ねんきん定期便が警告している。さては、毎年ちょっとずつ減らす気だな。

消費税は上がり、高齢者の医療費負担も増えて、「仕方ないんです。お金がないから」と国が言ってる現状だもの。つまりは、「長生きするとお金がかかる」と、政府が通告しているのも同然。

文子自身も老親を看取った経験から、長生きは楽じゃないと刷り込まれた。といっても、七十代一杯は生きる気満々だ。

文子のイメージでは、七十代は普通の年寄りで「長生き」の範疇には入らない。親をはじめ、身近な年寄りはおおむね七十代は元気だった。だから、あそこまでは大丈夫と信じ込んでいる。

しかし、現代社会で人間が普通（別の言葉で言うなら、人並み）に生活するには、お金がかかる。贅沢は必要ないが、貧乏は困る。

ニシノベーカリーのパートをリストラされ、一気に経済不安ブルーに落ち込んだ文子に、聡美が「今は人手不足だから、中高年歓迎のパートはいくらでもあるわよ。はっきり言って、うちなんかより時給いいところがいくらもあるから、探してみれば？　文子姉ちゃんなら十分、いけるわよ」と、太鼓判を押した。

自分のせいで文子がリストラされたのを、少しは悪いと思っているのだろう。

でもねえ。資格も技能もない文子が働けるのはコンビニなどのサービス業。そこで、息子か孫かみたいな若造店長に文句言われながらコキ使われるのは、イヤだ。それくらいなら、生活を切り詰めるほうがいい。

持ち家があり、家賃収入もある（住宅ローンでほぼ消えるけど）恵まれた状況で「生活を切り詰める」なんて、どの口が言う、と叱る世間の声が聞こえます。

孫みたいな上司に嫌み言われても我慢して、泣く泣く働く人。そんな職にもありつけず、本当に明日をも知れない人。そんな人たちが聞いたら、なんと思うか！

ですよね。でも、死んだ父が申しておりました。下を見たら、きりがない。上を見ても、きりがない。現状維持でよしとせよ。

その信条で生き抜き、父は文子に家を遺してくれたのである。

ということで、文子は上も下も見ず、パート収入なしでも現状維持を図るため、爪に火をともして節約に節約を重ね、野の花のように清く貧しく美しく生きていきます。

ああ、哀しい……。

なんて、不幸の先取りをして、どうする。第一、火をともそうったって、年寄りの巻き爪じゃ無理。

頭が働くうちに、考えてみよう。はたして、金銭不安解消法は節約しかないのか？

そりゃね。節約に勝る貯蓄法はないと、文子は思っております。間違っても、有利な利回りとか投資とかの「持ち金を確実に増やせる」うまい話にひっかからない程度の理性は維持したい。でも、そうはいかないのが老いなわけで……。

堅実に貯蓄に励んできたのに、お金の不安に負けてだまされてしまうのは、きっと「なんとかなる」と気楽に構えることができない真面目な人たちなんだろうなあ。

それでも、お金の心配よりもっと心すべきことがあると、文子は言いたい。

お金に関しては「なければ、ないなりに過ごす」知恵が働けば、いいんだよ。でしょ？

なくなるのが怖いのは、お金より自分です。自分を維持する知力と体力です。

ここ、原点よ。


この間、二〇三五年には六十五歳以上の高齢者のうち、四割が一人暮らしになるというデータが報道された。

ニュース番組はすぐ孤独死の増加に結びつけて、それをどう防げばいいのかと暗ーい顔で案じてみせる。でも、二十年後のことなんか、文子はどっちでもいい。どうせ死んでるし（こんな風に思えるのって、案外楽しいです。死んでなかったらどうするかって？　そんな取りこし苦労は時間のムダよ）。

文子は四年後、一人暮らしの高齢者になる。その身の上でリアルに案じるのは、孤独死でも金銭的生活不安でもなく、老化による不自由だ。

プレばーさんの文子は階段を下りるたび、こんな風に痛みもつらさもなく普通に階段を下りられなくなる日が来るんだと、つい考える。

食事の支度をしながら、台所のどこに何があるかちゃんとわかっていて、料理の手順も頭に入って（といっても料理下手の文子の場合、洗う、切る、火にかけるの三行程が関の山だが）、一人で食卓を整える、それが当たり前なのも今のうちなのだと思う。

物忘れを笑い話にしながら、いつか笑い事じゃない日が来るんだ、笑い話をしていたことも忘れる日が来るんだと、心の準備をせずにはいられない。

そうと決まったわけではないが、そうならないという保証もない。

自力歩行ができなくなる。記憶力がなくなる。見当識さえ失われる。その可能性を考慮しておくのは、心の保険のようなものだ。

文子はもはや、階段を駆け下りない。一歩一歩、確かめて下りる。もちろん、上るときも同じだ。手すりもちゃんと持つ。

道路でも家の中でも、足元に気をつける。つるっと滑ったり、爪先がひっかかったり、足首をひねったりさせるケガの元がないか、確かめる。

毎日の用事は全部メモする。買い物もスケジュールも食事の献立もだ。そのメモは必ず、見えるところに置く。

物の置き場所は決めておくうえ、置くたびに指差し確認をする。

血圧と体重を毎日計り、記録する。体調の変化に敏感になるためというより、自律できている自分を確認したいのだ。

アクティブないずみは、こんな用心深さがかえってババ臭さを促進すると言う。

「文子はババ臭くない、颯爽としたばーさんを目指してるんじゃなかったの？　もっとぽかんとしてるほうが、ナチュラルにすっきりしたばーさんになるような気がするけどな」

そりゃ、ぽかんとしたまま、ナチュラルにすっきりしたばーさんになれるなら、それがベストだ。いずみがそう信じるなら、そのやり方でいけばいい。

文子は、どうしたって能力は衰えて消えていくのだと観念している。

だから、なるべくケガをしないように、物忘れで困らないようにと慎重に行動しながら、一方で「ちゃんとやれる自分」の一刻一刻を愛でているのだ。ちゃんと歩ける。ちゃんと覚えていられる。ちゃんと思うとおりに自分を管理、操縦できる。やがて消えていく（失われるという言葉は使わないよ）と思うと、ありがたみが増して、大切に使おうと思う。

文子が思うに、これが老いがもたらす恵み——人生への感謝だ。

こうなったのは、母のおかげだ。

元気な頃の母は、手まめな人だった。年末にはしきたり通りのお節を、お彼岸には細く切った錦糸卵と紅ショウガが美しいちらし寿司を、寒くなると大樽一杯の白菜漬けを全部一人で作った。それらの作業をしているときの母は集中していて、真剣で、かつ楽しげだった。

そんな母が夕食の献立を思いつけなくなった。そのときにはすでに、ウツ病が進行していたとわかったのは、ずっと後のことだ。

母はまもなく、料理そのものを苦痛だと言い出した。したがらないから、やらせなかった。すると、包丁を持てなくなった。

握力も、使わなければ錆びつく。介護しているときの文子は、そこに思い及ばなかった。何もさせず、母の能力が消えるに任せたのだ。

日がな一日黙って横になっているだけの母は、ウツ病を虚しく進行させるばかりで、一切の感情を失った。人間が「生き生きする」とは、元気で笑っているときだ。文子は、それを学んだ。

お金の不安なんか、感情がなくなることに比べれば、屁みたいなものだ。

そう思うと、お金の不安の暗雲が薄れていく。

この世を去るまでは、老いていく過程でも前進している。先がある。不安もあれば、同じだけの楽しみもある。けれど、老いることを過剰に忌み嫌っていた母は、老いがもたらす楽しみに気付こうとしなかった。

母の通夜で親戚と話したとき、いろいろわかったことがある。

母がファザコンであることはわかっていたが、ちょっといい男だった祖父は若い女が好きで、女は老けたらおしまいという男の身勝手な価値観を母に刷り込んだらしい。

腰が曲がり、しわだらけでヨタヨタ歩く年寄りに、母は汚いものでも見るような嫌悪の眼差しを向けたものだ。文子は母のそんなところが大嫌いだった。

　母が生きる気力を失ったとき、母と同い年なのに元気で楽しそうに暮らしているばーさんを見るたび、羨ましくてならなかった。老いてからの人生に意味なんかないとばかり、生きる努力に背を向けた母を恨んだ。

　今は、そんな歪んだ観念を植え付けられた母は可哀想だったと思っている。誰も母に、老いの中にも楽しみがあると教えてやれなかったのだ。

　ところが文子は、母のおかげで老いることに積極的に向き合い、人生が与えてくれる楽しみを味わい尽くしたいと志している。

　ということは母は身をもって、文子が「楽しいばーさん」に育ち上がるよう仕向けてくれたことになる。感謝しなくちゃね。

　だって、生きてるって楽しいんだもん。

　身体機能が衰えて、日々を過ごしていくだけで内臓が「ああ、しんど」と疲労を訴えてくるんですけどね。

　どうしたって満杯にならない懐事情が「この先、どうするんですか。わたしは打ち出の小槌じゃありませんよ」と迫るんですけどね。

人生が楽しいのは、思い通りに身体が動いてこそだ。プレばーさんたちよ、いざ、身体機能アップにレッツゴー！

骨のまわりの筋肉を強くすれば、転んでも折れないように守ってくれる。もっと鍛えれば、ちょっとつまずいたくらいでは転ばない足腰にすることもできる。ストレッチで関節まわりを柔軟にすれば、うっかり転んでも大ケガには至らない。

若いうちは（五十代までは、若いのよ）、メンテナンスを怠っても身体がなんとか耐えてくれる。だから、身体が硬いと筋肉や骨や関節が故障しがちという法則を知らなかったりする。柔軟性と運動能力は比例しないから、スポーツが好きで技術もあるが身体は硬いという人は多いのですよ。

筋トレ（それも、インナーマッスルね）とストレッチはセットで行うこと。

てことで、身体の劣化は、ある程度阻止できる。残るは認知症リスクへの不安。

これはねえ。世界保健機関が認知症への取り組みを優先課題にすべきと発表したくらいだから、グローバルな不安と恐怖なわけよ。

生命がなくなるより、自分をなくすほうが怖い。人間は考える葦だから、そう思っちゃいますよね。

認知症治療薬の開発競争は既に始まっている模様だが、少なくとも文子が生きているうちは間に合わないだろう。となると、「これがいいらしい」と言われている方法を試してみるしかない。

たとえば、認知症進行予防に料理がいいそうだ。長く主婦をやっていれば、手順を脳が覚えている。手を動かせば、脳も覚醒する。

と言われても、生来料理が苦手で経験値が低い文子のようなズボラはどうすればいいの？

一瞬暗くなったが、素材を切る、調理する、食器に盛るみたいな単純作業ができればいいみたいよ。それで基本動作と基本脳の連携が生き続け、いわゆる「考えなくても、手が覚えている」という状態を保てるらしい。

考えてみれば、自転車に乗れない人がいても、料理ができない人はいない。「苦手」の心は、「めんどうくさいから、したくない」なんだよね。

改心した文子はなるべく外食に頼らず、自分でご飯を作ろうと努めております。おかげで、土鍋で炊くご飯のおいしさに目覚めました。というより、思い出した。子供の頃、母が作ってくれたほかほかご飯とお味噌汁がおいしかったこと。母の手作り弁当は、ご飯が冷えていてもおいしかった。

そうそう。こんな風になにげない事柄の本当の価値を見出せるのも、年の取り甲斐というものなのだわ。当たり前だと思っていたけど、お母さん、ご飯作ってくれてありがとう。おかげで、ご飯のおいしさがわかる正しい味覚を授かりました。これこそ、健康の証拠。生きる喜びの最たるもの。

生きる喜びとか生き甲斐って、何か意味のある仕事や生き方がもたらすものではないんだよ！　現状の仕事や立場や収入にこだわると、先に進めないよ！

加代子から聞いたこんな話が蘇る。

骨折して入院したとき、同部屋にばーさんがいた。骨粗鬆症による背骨の圧迫骨折で何度も入院していると、見舞いに通う五十代の嫁が話した。

ばーさんは旅館の女将で、現役にこだわり、腰が曲がってもなんとか着物を着て、客の前に出ていた。けれど、足腰の痛みに耐えかね、奥に引っ込むようになった。すると途端に、毎日こたつにもぐってテレビを見るだけの引きこもりばーさんになってしまった。

女将としての暮らししかしてこなかったばーさんには、それ以外の世界がなかった。したいことを何一つ思いつけず、つるんで遊ぶ友もなく、じっと座っているだけの毎日が何をもたらすか、もはやお約束だ。

「人間、用事がないのが一番ストレスなのね」

加代子はしみじみ、そう言った。

「終活ノートを書くだけでも、違ってたはずなのに。文子ちゃんは聞き流すけど、終活ノートって効果あるのよ。長く生きれば、書くことが一杯ある。つまり、毎日することがあるってことだから」

そう来るか。マダム澤野のように、コミュニティ活動にいそしむ道もある。それもいいけど、文子が参考にしたいのは運動系だな。

文子の先輩で、広告会社でプランナーを務める一方、フリーランスでローカルテレビやラジオの台本を書く二足のわらじで稼いでいた元バリキャリがいる。人付き合いも多く、毎晩のように飲み会をしていた。仕事中心というか、仕事しかしない生活に結婚が入る隙がなく（本人の弁）、文子同様、気がつけばシングル。

それが六十歳で定年を迎えると同時に、副業からも手を引いた。会社には慰留されたが、週に三度勤務の提案も断った。

このように、文子と同世代の女たちが揃って、ほぼ六十前後で収入をもたらす仕事をやめ、次のステージを模索しているのは、親の世代の燃え尽き症候群を見たからだと思う。体力があるのに気力や認知力が先におだぶつになってしまったのには、原因なり理由なりがあるのでは？　対策があるのでは？

親の世代を反面教師にプレばーさんは、老いを生きることに積極的だ。

元バリキャリがそのいい例だ。彼女は七十歳になった今、二十代の頃より快調だと言う。

彼女は二十代から退職する六十歳までずっと、ぎっくり腰に悩まされてきた。治療師遍歴をして、ずいぶんお金を注ぎ込んだ。それでも、年に二回はまったく動けない状態になり、ベッドからあちこちに電話で指示を出しつつ、仕事をこなした。

相次いで倒れた両親の介護も、腰痛と仕事の重荷ともどども背負いこんだ。

「よくやったと友達にはほめられたけど、今になってみると、もっとよく観察していたら倒れる前に変調に気付けたと後悔してる。両親と過ごす時間も少なかった。還暦近くなって振り返ったとき、しゃかりきに働いて稼ぐ自分をカッコいいとうぬぼれてたけど、それって本当に誇れることなのかって思った。仕事をしないわたしには価値がないのか？　そう思うとたまらなくなって、すっぱり仕事を辞めた。それで、ランニングを始めた。そしたら、不治の病じゃないかとまで言われたぎっくり腰が治ったのよ。あれは、こんな生活もうやめてという心の叫びだったのね」

この話に、文子は深く頷いた（ついでに、市民ランナーへの憧れも芽生えた）。

文子が現金収入が途絶えても次なるパートを探そうとしなかったのは、仕事のプレッシャーを感じたくないからだ。

収入を伴う仕事には、それだけの責任が伴う。プレッシャーも道連れだ。

体力的な負担。自分の時間を制限される不満。そして、うまくやれない自分への失望。

そのうえ、叱責される屈辱。そんなの、もう、たくさんだ。

現役引退後は、無責任にかつ生き甲斐も感じつつ、楽しみたい。それができるのだから、老後って人生がくれるご褒美だと思う。

ところが、現役引退で仕事がもたらすストレスやプレッシャーと無縁になるのもいいことばかりではないと、元ワーカホリックの麻利子が言う。

母親と二人の穏やかな暮らしですっかり性格も丸くなり、いいことずくめと思ったら、先日、久しぶりに狭心症の発作に見舞われた。

え、なんで?

と思い返してみたら、母親の旧友が泊まりがけで遊びに来ると知り、その友人を好きではない麻利子の中で不満がふくらんだ結果と気付いた。

「ストレスの耐性がなくなったのよ」

麻利子はため息をついた。

「お母さんには楽しい時間だとわかってるから我慢できるはずなのに、大きなストレス要因がなくなった代わりに、ちょっとしたことでも負担に感じるようになっちゃったのね。年取るとわがままになるってよく言うけど、ストレスが減る分、許容量も小さくなる。人間がストレスから全解放されるのは、死んだときなのよ。つくづく考えさせられたわ」

なるほどね。

あれこれ考えれば考えるほど、課題が出てくるもんだねえ。

男はどうか知らないけど、女は貪欲だな。老後を考えるのは、残り時間を有効に使いたいからだ。できることなら、使い切りたいのだ(最近の報道によれば、男たちも五十代で退職して余生を元気に生きるためのライフワークを探す傾向にあるそうだ。人生八十年だもんね)。

皮膚はたるむし、目も髪も歯も頼りなくなるし、内臓機能は経年劣化する。でも、老いはそれら、あったものが失われていく過程ではないんだよ。

腕一杯に持って生まれたものを使って、我々は生きてきた。失ったのではなく、使ったぶんだけ減っていく。ただ、それだけのこと。もし若いうちにそれがわかっていたら、毎日少しずつ消えていく分身に「ありがとう、さよなら」と言えたのに。

でも、仕方ない。残量が減って、ようやく身にしみる。そういうものだ。

さて、かく言う文子は今のところ、ひいきの旅役者小紫彦也を見に行くといまだにドキドキする。テンションが上がって、元気が出る。「まだまだ。いけまっせ」と、身体に保証される感じだ。

そして、追っかけに出向くときには、普段は手抜きのおしゃれもメイクも力が入る。だって、けっこうイケてるんだもん♡(自分がそう思えりゃ、いいんだよ)。

骨の動きを意識させるクラスに入ったおかげで姿勢感覚が目覚めつつあり、腰が曲がって首が前に落ちるばーさん体型を防いでいるのが、ちょっと自慢。

講師の言うことにゃ、筋トレを続ければよい姿勢を身体が覚える(というより取り戻す）そうだ。老いゆくといえども、身体能力は持続できるのだ。

かえすがえすも、身体ってエライねえ。

認知症予防だって、身体に任せるのが一番らしいよ。読んだり書いたりのような脳トレなんかより、手足を動かすという生き物としての基幹、別の言葉で言えば原始脳を活性化させるのが一番効くのだ。文子は心から、そう信じる。

ところで文子は、「水が怖い」「走るときつい」という理由で遠ざけてきた結果、カナヅチで走り方を知らない、情けない生き物になり果てている。

あらかじめ備わった能力を自分で封じ込めたまま死んでなるものか。もったいない！なので、ランニングを始めたところで、水泳はあとまわしにした。一度にあれもこれも手に入れようと欲ばると「二兎を追う者は一兎をも得ず」になるのがオチ。

ところで、室内ランから晴れて早朝お外ジョガーデビューしたら三日で膝まわりの筋肉痛でダウン。

回復に三週間かかりましたとさ。反省してウォーキングからやり直しております。

ひとつのことをじっくりと。それができるのが落ち着いた「素敵なばーさん」ってものですわ。

おおざっぱに見積もって、六十のプレばーさん期から二十年はあるばーさんタイム。けっこう、長いよ。健やかに生き尽くして、「終わりよければすべてよし」となるかどうか。プレばーさんたちよ。お楽しみはこれからだ。

「レッツゴー・ばーさん！」はｗｅｂちくまにて二〇一三年九月から二〇一四年五月に連載したものに書き下ろし一篇を加え、加筆修正し単行本としました。

平　安寿子（たいら・あすこ）
一九五三年広島市生まれ。フリーライターを経て、一九九九年『素晴らしい一日』にて第七十九回オール讀物新人賞を受賞しデビュー。著書に『神様のすること』『おじさんとおばさん』『幸せになっちゃ、おしまい』『オバさんになっても抱きしめたい』『セ・シ・ボン』など多数。

レッツゴー・ばーさん！

二〇一四年一二月一〇日　初版第一刷発行

著　者　平　安寿子（たいら・あすこ）
発行者　熊沢敏之
発行所　株式会社　筑摩書房
東京都台東区蔵前二―五―三
〒一一一―八七五五
振替〇〇一六〇―八―四一二三
印刷・製本　中央精版印刷株式会社

ISBN978-4-480-80454-9　C0093
乱丁・落丁本の場合は、左記宛にご送付ください。
送料小社負担でお取替え致します。
ご注文・お問い合わせも左記へお願い致します。
筑摩書房サービスセンター　電話番号〇四八―六五一―〇〇五三
さいたま市北区櫛引町二―六〇四　〒三三一―八五〇七